Tränen haben keine Nationalität

AF222339

Bei Frau Dr. Cornelia Hermanns möchte ich mich herzlich bedanken, für zahlreiche Gespräche und Ermutigung. Ebenso für die sachkundige Hilfe und die sorgfältige Durchsicht bei der Fertigstellung.

Inhalt

VORWORT

Alle Opfer eines Verbrechens haben den gleichen Anspruch auf Anerkennung ihrer Würde und ihrer Rechte. Die Annäherung an und die Aussöhnung mit Polen sind zentrale Anliegen der deutschen Nachkriegsgeschichte. Das ist gut so. Denn nur Annäherung und Bereitschaft zum gegenseitigen Verständnis sind der Schlüssel zur Lösung vieler noch offener Probleme. Der Dialog zwischen Polen und Deutschen ist notwendig und muss weitergeführt werden, um die vorhandenen Barrieren und Feindbilder abzubauen.

An die gemeinsame leidvolle Vergangenheit von Polen und Deutschen erinnert heute manch ein Gedenkstein, manche Tafel, so auch in Potulice im ehemaligen Westpreußen in Polen. Der Gedenkstein in Potulice ist den polnischen Opfern der Jahre 1941-1945 und den deutschen Opfern der Jahre 1945-1950 gewidmet. Auf einer gemeinsamen Versöhnungsfeier der polnischen und deutschen Opfer und ihrer Angehörigen wurde er im September 1998 feierlich enthüllt.

Europa, unsere gemeinsame Heimat, soll eine friedliche Heimat sein, wo Deutsche und Polen in guter, freundschaftlicher Nachbarschaft und in gegenseitigem Respekt und Achtung voreinander leben können. Vergeben ja, doch nicht vergessen.

Siegfried Lelke

TRÄNEN HABEN KEINE NATIONALITÄT

In der Rede zur Verleihung des Friedensnobelpreises am 4. November 1954 sprach Albert Schweitzer die mahnenden Worte: „In schlimmster Weise vergeht man sich gegen das Recht des geschichtlich Gegebenen, und überhaupt gegen jedes menschliche Recht, wenn man Völkerschaften das Recht auf das Land, das sie bewohnen, in der Art nimmt, dass man sie zwingt, sich anderswo anzusiedeln. Dass sich die Siegermächte am Ende des Zweiten Weltkrieges dazu entschlossen, vielen hunderttausend Menschen dieses Schicksal, und dazu noch in der härtesten Weise aufzuerlegen, lässt ermessen, wie wenig sie sich der ihnen gestellten Aufgabe einer gedeihlichen und einigermaßen gerechten Neuordnung der Dinge bewusst wurden."

Eine Geschichte hat viele Seiten und wird erst vollständig, wenn alle vorhanden sind. Hier sollen Seiten zur Nachkriegsgeschichte ergänzt werden, die Westpolen betreffen, das Gebiet des ehemaligen Westpreußens, den polnischen Korridor.

Es geht im Folgenden nicht um Revanchismus. Es geht darum, die uralte Menschheitsgeschichte der Gewalt um ein weiteres Kapitel zu ergänzen und in diesem Kapitel soll das Schicksal der Deutschen beschrieben sein, die nach 1945, nach der Kapitulation des Deutschen Reiches in Westpolen geblieben sind. Wer der Auslöser des zweiten Weltkriegs war, das ist bekannt. Weniger bekannt ist die staatlicherseits organisierte Rache der zuvor Überfallenen. Was die Zivilbevölkerung zu leiden hat, wenn ein Staat Terrormaßnahmen ergreift und durchführt, davon handelt dieses Kapitel.

Damit ist zugleich der ebenso uralte, und hoffentlich trotzdem allem nicht illusionäre, Wunsch verbunden, Kriege in jeglicher Gestalt zu ächten.

Das ungeheure Leiden, das sinnlose Quälen und Sterben damals – für die Gequälten und zu Tode Geprügelten und Verhungerten soll es festgehalten werden, um ihrer unveräußerlichen Menschenwürde willen, um dem namenlosen Sterben posthum Sprache zu geben. Die Polen haben unermessliches Leid erlebt. Wenn es hier um die deutsche Zivilbevölkerung geht, dann deshalb, weil das meine Geschichte ist, weil ich als Deutscher in Westpolen geboren bin und meine Familie seit Jahrhunderten dort gelebt hat. Noch heute stehe ich in Verbindung zu unseren damaligen polnischen Nachbarn, habe sie mehrmals besucht und wurde freundlich aufgenommen.

Bei allem bleibt daher doch die leise Hoffnung: Solange Menschen nicht aufgehetzt werden, durch Politiker und Militärs, durch weltliche und religiöse Ideologen, durch Kriege und Machtansprüche – solange besteht die Hoffnung auf Vernunft und Menschlichkeit und auf ein Leben in Frieden. Im Krieg sind Menschen – und die Wahrheit – immer die Verlierer. Tränen haben keine Nationalität.

Meine Familie lebte seit Generationen im Großraum Bromberg. Die Eltern waren Bauern und bewirtschafteten einen Hof in der Nähe von Seefelde, Kreis Zempelburg. Auch die weitere Verwandtschaft lebte dort, mein Onkel Oswald Pfeifer lebte mit seiner Familie in einem der Nachbardörfer. Als Kind habe ich die Beziehung zu den polnischen Nachbarn als ausgesprochen freundschaftlich und von Hilfsbereitschaft geprägt, empfunden. Meine Eltern waren evangelische

Christen und sehr fromm. Allein schon ihr Glaube und vor allem die harte tägliche bäuerliche Arbeit ließen keine Zeit übrig für Sonstiges und erst gar kein Interesse an politischen Fragen aufkommen. Die Eltern arbeiteten von morgens bis abends. Auch für uns Kinder blieb wenig Zeit übrig. Meine drei großen Brüder arbeiteten schon mit den Erwachsenen auf dem Hof mit, ich war der jüngste und blieb oft mir selbst überlassen, da ich bei der schweren Feldarbeit noch nicht mithelfen konnte. Dadurch hatte ich die Freiheiten, die ein Kind in ländlicher Gegend hat. Ich konnte umherstreifen, Tiere beobachten. Ich hatte eine schöne Kindheit und lie-bevolle Eltern.

Die Familie und auch die Verwandtschaft waren keine An-hänger der NSDAP. Allein schon der tief verwurzelte Glaube immunisierte sie gegen die Parteiparolen. Als die Nazis Po-len besetzten, halfen meine Eltern ihren polnischen Mitbür-gern, so gut sie konnten. Mein Onkel bewirtschaftete in der Nähe unseres Bauernhofs einen Hof, an den ein weiteres Gehöft angrenzte. Es wurde von einem polnischen Bauern bewirtschaftet. Während der ganzen Zeit der Okkupation von Polen hat mein Onkel, hat die ganze Verwandtschaft den polnischen Nachbarn und Freund unterstützt, so dass er der Enteignung und möglichen Verschleppung entgehen konnte. Die Familie des polnischen Nachbarn lebt heute noch auf diesem Hof. Den Hof und die Ländereien meines Onkels hat die polnische Familie übernommen und bewirt-schaftet sie. Bis heute besteht ein gutes Verhältnis unserer Familie zu der polnischen Familie. Ich habe sie mehrmals in dem alten Wohnort besucht und wurde jedes Mal herzlich aufgenommen. Solange ich mich erinnern kann, bestand immer ein freundschaftliches Verhältnis zwischen deutschen und polnischen Nachbarn – solange nicht staatlicherseits massive Hetze betrieben wurde. Das gilt für die deutsche wie die polnische Seite.

Als 1944 die Massenflucht der Deutschen aus dem Osten begann, packte auch meine Familie das Notwendigste zusammen und schloss sich einem der Flüchtlingstrecks an. Unsere polnischen Nachbarn bemerkten es, sie hielten uns an und forderten uns zum Bleiben auf: „Warum wollt Ihr fliehen? Ihr habt doch niemandem etwas getan. Wieso wollt Ihr denn jetzt gehen, wo der Krieg bald vorbei ist und die Normalität wieder beginnt!" Meine Eltern vertrauten ihren polnischen Nachbarn und brachen die Flucht ab. Wohin sie im Westen hätten fliehen sollen, wussten sie ohnehin nicht. Sie kehrten auf unseren alten Hof zurück.

Westpolen, das ehemals deutsche Westpreußen, meine Heimat, war 1920 infolge der Bestimmungen des Versailler Vertrages Polen zugesprochen worden. Die Deutschen waren nach der Gebietsübertragung und dem Staatswechsel teilweise geblieben und bildeten als „Volksdeutsche" (im Gegensatz zu den im Deutschen Reich lebenden „Reichsdeutschen") eine ethnische Minderheit in Polen. In Westpolen war der deutsche Bevölkerungsanteil hoch, in Regierungsbezirken wie Bromberg lag er bei 85 Prozent. Erst mit Kriegsende und Vertreibung endete die jahrhundertealte Geschichte der Deutschen auch in Westpolen.

Das Thema Vertreibung ist bis heute mit dem Verdacht belegt, die eigene historische Schuld relativieren zu wollen. Jeder Mißhandelte aber ist ein Mißhandelter, jede Vergewaltigung eine Vergewaltigung, jeder Erschlagene ist ein Erschlagener, jeder Verhungerte ein Verhungerter – gleich welcher Nationalität. Jedes Verbrechen verletzt die Menschenwürde, und dem Rechtssystem ist die Aufrechnung eines Verbrechens gegen ein anderes ohnehin fremd. Alle Seiten gehören zur Geschichte, um der Wahrheit willen.

Die im zweiten Weltkrieg von deutscher Seite verübten Verbrechen und das mannigfache Leid, das Deutschland über die Welt gebracht hat, sind, soweit möglich, bekannt. Der Schauplatz dieser Verbrechen war vorwiegend der Osten. Mit dem Rückzug der deutschen Truppen und dem Vormarsch der Roten Armee begannen die Gewaltakte gegen die deutsche Zivilbevölkerung. Jeder Deutsche war ein „Hitlerowski", war für die Russen und Polen schändlich, verachtenswert und musste ebenso bekämpft und vernichtet werden wie der größenwahnsinnige „Führer", der sich angemaßt hatte, über Wert und Unwert von Leben zu entscheiden. Die „slawischen Untermenschen": Die Reaktion auf Überheblichkeit und Anmaßung fiel im Osten dementsprechend grausam aus – ebenso unmenschlich. Was die im Osten verbliebene deutsche Zivilbevölkerung, Frauen, Kinder und alte Männer, infolge der verbrecherischen deutschen Politik erleiden musste, der Exodus von Verjagten und der Tod von Erschlagenen, auch das war nun unmenschlich, verbrecherisch und hat aus der Welt eine Hölle gemacht. Im kommunistischen und postkommunistischen Polen ist man weitgehend über diese Vergangenheit hinweggegangen und hat sie verschwiegen.

Mehr als Hunderttausende von deutschen Zivilisten sind zwischen 1945 und 1950 von der polnischen Miliz und vom polnischen Geheimdienst UB in Arbeits- und Vernichtungslagern gefangen gehalten worden. Es waren dieselben, welche die Nationalsozialisten errichtet und beim Rückzug der deutschen Wehrmacht gerade erst geräumt hatten: Auschwitz, Potulitz (Potulice), Jaworzno, Schwientochlowitz …

Die Deutschen waren Frauen, Kinder und Alte, die beim Vormarsch der Roten Armee nicht geflohen waren. Sie kamen aus Ostpreußen, Pommern und Schlesien und hatten dort oft seit Generationen gelebt. Als die polnische und russische Armee ab 1944 diese Gebiete besetzte und Polen begann, sie seinem Territorium einzugliedern, galten die im neuen Nachkriegspolen verbliebenen Deutschen kollektiv als feindliche Elemente. Ob mit dem geschehenen Unrecht verstrickt oder nicht, wurden sie interniert, zur Zwangsarbeit herangezogen, schließlich des Landes verwiesen.

Wer nicht geflohen war, wurde in Lagern interniert, die der Miliz unterstanden. Als Aufseher über die inhaftierten Deutschen beschäftigte die polnische Miliz vorzugsweise Polen, die aus deutschen Konzentrationslagern kamen und sich freiwillig für diesen Dienst gemeldet hatten. Sie hatten die Methoden der Menschenschinderei der SS kennen gelernt. Schwer traumatisiert durch den Feind, dessen Volksangehörige jetzt ihrer Gewalt unterstanden, waren sie zu einer verantwortungsvollen Ausübung nicht in der Lage und das war von der militärischen Führung aus auch so erwünscht. In der Führung der Lager, bis in die Lagerordnung hinein, übernahm das kommunistische Polen das nationalsozialistische Muster. Zwar gab es keine industriell-systematische Massenvernichtung wie unter dem NS-Regime, aber es wurde in ähnlicher Weise ermordet, geschlagen und gequält. Die schlimmsten polnischen Vernichtungslager waren das Lager Lamsdorf (Lambinowice) in Oberschlesien und Potulitz (Potulice) bei Bromberg in Westpolen. Um die Zustände im Lager Potulitz (Potulice), in dem meine Eltern und ich ab 1945 interniert waren, soll es in diesem Bericht gehen. Da ich Potulitz ab 1945 als polnisches Konzentrationslager erlebt habe, wird im Folgenden die Schreibweise Potulice benutzt.

JANUAR 1945 IN WESTPOLEN

Am 15. Januar 1945 setzte die Rote Armee bei starkem Frost auf breiter Front zum Angriff an. Bei uns in Neuhof, Kreis Zempelburg; Großraum Bromberg, kamen die ersten Russen auf ihren kleinen Kosakenpferden am 30. Januar 1945 auf den Hof. Sie plünderten alles, was sie sahen. Meinem Großvater rissen sie die Taschenuhr von der Weste. Meine Tante wurde von betrunkenen russischen Soldaten vergewaltigt. Kühe und Schweine wurden geschlachtet, Gänse und Hühner liefen bei Schnee und starkem Frost auf dem Hof herum …

Dann kamen die Panzer und die Einquartierungen.

Im nördlichen Frontabschnitt zielten die russischen Angriffskeile auf Posen, südlich der Weichsel auf Bromberg, nördlich der Weichsel auf Graudenz und Elbing. Die russischen Truppen durchbrachen die deutschen Abwehrkräfte. Die zahlen- und waffenmäßig weit unterlegenen Truppen der deutschen Wehrmacht waren nur noch in der Lage, diesen sowjetischen Ansturm um wenige Tage zu verzögern. Obwohl sich die immer bedrohlicher werdende Frontlage bereits seit Sommer 1944 abzeichnete, wurde eine rechtzeitige Evakuierung der deutschen Bevölkerung versäumt, ja geradezu verhindert. Die vorhandenen Pläne wurden aus propagandistischen Gründen – der Widerstandswille sollte beschworen werden – nicht verwirklicht. Der Ernst der Lage für die Zivilbevölkerung wurde durch die Propaganda verschleiert. So war eine ungeordnete, meist zu spät ausgelöste Fluchtbewegung in Gang gekommen. Die polnische Bevölkerung verhielt sich neutral, vielfach auch hilfsbereit, es kam zu keinen Zusammenstößen.

Viele Flüchtlingstrecks sind unterwegs von den sowjetischen

Angriffsverbänden überholt worden. Die Menschen wussten nicht mehr, wo die Front verlief, irrten umher und kehrten schließlich an den alten Wohnort zurück. Die Zahl der im Osten verbliebenen Deutschen – der Frauen, Kinder, alten Männer – war verhältnismäßig groß.

Wie damals wir waren sie Zivilisten und lebten im Einvernehmen mit den polnischen Nachbarn. Einen Wechsel staatlicher Hoheit hatte Westpreußen im Januar 1920 schon einmal erlebt, als es infolge der Bestimmungen des Versailler Vertrags an Polen kam. 1939 hatte die Wehrmacht Polen überfallen und besetzt, jetzt, 1945, käme man zur Vorkriegsordnung zurück, so war die allgemeine Meinung.

Am 25. Januar 1945 besetzten sowjetische Truppen die Stadt Bromberg, die anderen Städte und Dörfer wurden je nach geographischer Lage etwas früher oder später besetzt. In ihrem Gefolge kamen die von den NS-Behörden enteigneten polnischen Besitzer mit Erbitterung zurück.

Mit dem Machtwechsel brachen schlagartig zügellos ein während des NS-Terrors angestauter Deutschenhass und ein unerbittlicher Vergeltungsrausch hervor. Die verbliebenen Deutschen sahen sich einer unerwartet grausamen, kollektiven Verfolgung ausgesetzt.

Sie wurden gezwungen, sich äußerlich als Deutsche kenntlich zu machen mit einem Hakenkreuz auf dem Rücken ihrer Kleidung. Vereinzelt kam es zu öffentlichen Lynchaktionen. Zurückgebliebene verwundete deutsche Soldaten in den Krankenhäusern wurden von den Sowjets ermordet. Bei Plünderungen der Gebäude wurden Literatur und Kunstwerke achtlos durch die Fenster geworfen und die Wut auch an diesen Werten ausgelassen, die unwiederbringlich verloren gingen.

Bei der überstürzten und ungeordneten Aufstellung der polnischen Miliz blieb es nicht aus, daß unqualifizierte, einfältige, zu Gewalttaten und Alkohol neigende junge Männer und Frauen aufgenommen wurden. Die Miliz wurde von den sowjetischen Truppen mit Waffen ausgerüstet und spielte eine verhängnisvolle Rolle.

Ihre Angehörigen mißbrauchten ihre Ordnungsgewalt zu zahllosen Plünderungen und ließen ihren Hassgefühlen hemmungslosen Lauf, quälten und misshandelten Deutsche und es begann eine Schreckenszeit. Zumeist ortsfremde Sowjet-Polen nahmen den ortsansässigen Angehörigen der antikommunistischen bürgerlichen Heimatarmee die verantwortlichen Geschicke aus der Hand und verfolgten sie auch noch zusätzlich, nachdem die untätige Rote Armee sie bereits im Sommer 1944 beim Warschauer Aufstand hatte verbluten lassen.

Das Schicksal der Menschen spielte sich in Stadt und Land auf dieselbe Weise ab. Die Miliz streifte durch Straßen und Dörfer, um die gesamte deutsche Bevölkerung zu erfassen, festzunehmen, am Ort in Säle, Scheunen, in Keller der Polizeistationen, in Gefängnisse usw. einzusperren, um sie zu plündern und zu berauben. Aus den Altersheimen wurden die alten deutschen Menschen auf die Straße gesetzt.

Die arbeitsfähigen Deutschen wurden in Arbeitsgruppen eingeteilt und zu verschiedenen niedrigen Verrichtungen, auch bei sowjetischen Truppenteilen, eingesetzt. Neben Tätigkeiten in der Landwirtschaft und in Haushalten mussten Kriegsschäden beseitigt. Panzergräben zugeschaufelt werden, aus den Ruinen Steine heraus geklopft, der Weichseldamm und die Stauwerke wiederhergestellt werden.

Bei aufgefundenen Massengräbern mussten sie die polnischen Opfer mit bloßen Händen, ohne Werkzeuge, bergen. Die vorhandenen Barackenlager (Lager des Reichsarbeitsdienstes, der Hitlerjugend, Kriegsgefangenenlager usw.) benutzten die Sowjets weiterhin als Kriegsgefangenen- oder Deportationslager und übergaben sie wenig später den Polen.

Die Sowjets suchten sich die Altersgruppe der 15- bis 55jährigen, der Jugendlichen, jüngeren Frauen und Männer aus den Lagern aus, sammelten sie in ihren Lagern und verschleppten sie nach Russland. Im Frühjahr 1945 wurden die vielen kleineren örtlichen Lager aufgelöst. Die Insassen kamen in größere Lager, die meist in den Kreisstädten im südlichen Westpolen im Netzegebiet lagen, bis auch diese 1946 aufgelöst wurden und die Menschen in das Zentrallager Potulice überstellt wurden. Die Verlegung der Lagerinsassen erfolgte in kilometerlangen Fußmärschen. Die Menschen, die Frauen mit den Kleinkindern auf den Armen, schleppten sich bei eisiger Kälte dahin. Die Märsche wurden von fluchenden, mit Kolbenschlägen antreibenden Milizangehörigen begleitet. Wer den Strapazen nicht gewachsen war, wurde in den Chausseegraben gestoßen und erschlagen oder erschossen. Die Märsche wurden für viele Alte, Schwache und Kranke, für Frauen und Kinder unerbittlich zu Todesmärschen.

Unter den laufenden und brutalen Vergewaltigungen durch die Russen, die meist im Alkoholrausch begangen wurden, hatten die Frauen furchtbar zu leiden. Andererseits wurden die in den polnischen Lagern Hungerqualen und stetigen Schlägen ausgesetzten deutschen Arbeitskräfte bei der sowjetischen Truppe gut verpflegt und nicht misshandelt. Noch mehr als die Russen fürchteten die Deutschen deshalb die polnische Miliz. Es kam immer wieder vor, und wird in vielen Berichten geschildert, dass sowjetische Soldaten Deutsche vor Misshandlungen durch die polnische Miliz geschützt haben. Unter der Miliz hörten die Vergewaltigungen als Massenvergehen nie auf.

Die polnische Miliz begegnete den Menschen mit einem ausgeprägten national bestimmten Deutschenhass und einem wahrem Sadismus, der sich immer wieder neue Grausamkeiten und sonstige Formen der Erniedrigung ausdachte.

DIE LAGER IM RAUM BROMBERG/ GRAUDENZ

Zum Komplex der Vertreibung liegen umfangreiche Dokumentationen wie eine reichhaltige Erlebnisliteratur vor. Ich möchte im Vorliegenden die Lagerhaft, die Zwangsarbeit und das Schicksal der den Eltern geraubten Kinder beschreiben, da diese bisher doch eher beiläufig erwähnt worden sind.

Hier geht es um das Schicksal der Deutschen, die nach Kriegsende in Westpolen geblieben sind und von 1945-1950 in verschiedenen Lagern inhaftiert gewesen sind, bevor sie in das „Zentrale Arbeitslager Potulice" bei Bromberg überstellt worden sind..
In Westpolen gab es neben dem Zentrallager Potulice unzählige Nebenlager, die ab 1945 von der polnischen Miliz als Lager für Deutsche geführt wurden.
Auch was diese Lager betrifft, so liegen auf deutscher Seite umfangreiche Berichte der betroffenen Zeitzeugen vor, während auf polnischer Seite das Archivmaterial der zuständigen Behörden vorhanden sein müsste..
Ich habe damals in Potulice mit den Mithäftlingen gesprochen, die aus anderen Lagern gekommen sind und seither viele Überlebende getroffen, die erst langsam beginnen, über Zwangsarbeit, Hunger, Vergewaltigung und grausame Mißhandlungen zu sprechen. Die Lagerbeschreibungen beruhen auf ihren Berichten und Darstellungen Sie sind hier festgehalten. Manche Lagerbedingungen, etwa der Alltag im Lager Kaltwasser, waren in allen Lagern gleich oder doch sehr ähnlich und sind daher nur einmal aufgenommen worden.

DAS LAGER BROMBERG-KALTWASSER (ZIMNE WODY)

Am 21. Januar 1945 verließen viele Deutsche die Stadt Bromberg. Schon seit Tagen zogen Flüchtlinge durch die Straßen in Richtung Westen, denen viele deutsche Bromberger sich anschlossen. Trotzdem blieben immer noch viele Deutsche in der Stadt zurück. Für sie kam die Möglichkeit zur Flucht zu spät, war zu überstürzt, oder sie hatten ohnehin nie an Flucht gedacht. Teils waren sie alt und krank, teils wollten sie sich nicht fort von Haus und Hof, Wohnung und vertrauter Umgebung. Hier war seit Generationen ihre Heimat, was sollten sie jetzt weg, wo doch der braune Spuk bald vorbei sein würde. Sie fühlten sich schuldlos und waren keine Parteigänger des braunen Gesindels.

Eine geordnete Räumung hatte es von deutscher Seite aus nicht gegeben.

Am 25. Januar nahmen sowjetische Truppen die Stadt ein. Nun waren die Deutschen der Willkür und dem Hass der Polen ausgeliefert. Die eilig aufgestellte polnische Miliz wurde mit Gewehren und Gummiknüppeln ausgerüstet und machte Jagd auf Deutsche. Alle verbliebenen Deutschen wurden erfasst, beraubt, festgenommen und in das Gefängnis an der Großen Bergstraße und in die Keller der Polizeistationen gesperrt. Dort wurden sie mißhandelt, einzelne auch erschlagen. Besonders brutalen Grausamkeiten waren die Insassen des Polizeigefängnisses ausgesetzt, von denen die wenigsten überlebten.

Die arbeitsfähigen Deutschen wurden in Arbeitsgruppen eingeteilt und mußten Zwangsarbeiten verrichten, auch bei der sowjetischen Truppe. Die Sowjets sammelten die jüngeren Frauen und Männer zusammen und deportierten sie nach Sibirien.

Sowjets wie Polen plünderten rücksichtslos und von beiden begehrt waren gute Winterkleidung, Schuhwerk und Schmuck. Diese Dinge wurden den Inhaftierten vom Leib gezogen. Die Miliz, die an den rot-weißen Armbinden kenntlich war, verschaffte sich schon in den Januartagen Zugang zu den Wohnungen der Deutschen und plünderte nach Belieben. Die Deutschen wurden in Gefängnisse gebracht und die Wohnungen danach an polnische Familien vergeben.

Die Zahl der Deutschen in den Milizverliesen wuchs stündlich. Es kamen immer mehr Flüchtlinge aus Ostpreußen und Pommern hinzu, die auf dem Treck überrollt worden und zurückgekehrt waren.

Im Februar 1945 wurden die Milizverliese geleert. Kolonnen ausgehungerter und geschundener Menschen schleppten sich unter den Kolbenschlägen der Miliz in das Barackenlager Kaltwasser nahe der Garnisonskirche in Bromberg, Von den Jugendlichen und Frauen am Straßenrand wurden sie gehässig beschimpft, bespuckt und mit Schmutz beworfen.

Das Lager Kaltwasser wurde Mitte Februar 1946 mit mehreren Außenstellen in der Stadt und am Bahnhof als Lager für die Internierung der verbliebenen deutschen Bevölkerung von Bromberg und Umgebung sowie der den Polen und Russen in die Hände gefallenen Flüchtlinge in Betrieb genommen.

Kaltwasser ist der südlichste Stadtteil der Stadt Bromberg. Hier befand sich ein ausgedehntes Barackenlager für Kriegsgefangene und Arbeitskräfte der Dynamit-AG, einer chemischen Fabrik, bestehend aus etwa 140 Baracken, die meisten aus Holz und einige aus Stein. Dieses Lager wurde von der Miliz als Lager für Deutsche eingerichtet. Die Baracken stehen heute nicht mehr, da auf diesem Gelände seit 1970 Wohnbauten errichtet worden sind.

Das Lager war durch einen doppelten Stacheldrahtzaun, zwischen dem Posten patrouillierten, und durch Maschinengewehrposten auf hölzernen Wachtürmen gesichert, die das Lager nachts ableuchteten.

Das Lager war in einen Frauen- und in einen Männerteil gegliedert. Da der Frauenanteil immer mehr wuchs, wurde der Frauenteil später um einen Teil des Männerteils erweitert. Ein Teil der Steinhäuser diente als Unterkunft der Miliz. In einem größeren Gebäude am Eingang befand sich die Lagerleitung. Bei der Ankunft mußten die Menschen hier stundenlang stehen, wurden einzeln registriert, bekamen eine Nummer, wurden der restlichen Habseligkeiten beraubt, einschließlich der noch tragbaren Kleidung. Wenn die Neuankömmlinge abgefertigt waren, wurden Männer und Frauen getrennt und in die schmutzigen und verlausten Baracken eingewiesen. Die einzelnen Räume waren völlig überbelegt. Nur wenige Baracken hatten dreistöckige Betten. Die meisten anderen waren leer und die Häftlinge schliefen auf ein wenig Stroh auf dem Boden.

Nicht immer waren die Fenster verglast. Fehlende Fensterscheiben wurden durch Pappe ersetzt. Eine Heizung gab es nicht, auch kein elektrisches Licht, weil die Glühbirnen fehlten.

Die Menschen schliefen zu zweit auf den schmalen Pritschen, sofern es welche gab. Hatte es geregnet, schliefen sie in den nassen Kleidern. Decken waren nicht vorhanden, ebenso wenig wie wärmende Kleidung für den Winter.

Am Tage konnten die Häftlinge eine Außentoilette benutzen,

für die Nacht befand sich in nur wenigen der vollbesetzten Barackenstuben ein Eimer. Dennoch durfte niemand nachts die Baracke verlassen. Gewaschen haben sich die Häftlinge in den Wintermonaten im Schnee. Wasser gab es kaum, Seife und Handtücher gar nicht.

An eine ärztliche Betreuung und an Medikamente war nicht zu denken. In der Sanitätsstube gab es ein paar Mullbinden und Heftpflaster. Alte und kranke Menschen, die nicht mehr arbeitsfähig waren, blieben unversorgt auf ihrem Lager, bis sie leblos hinausgetragen wurden. Das geschah täglich.

Dann wurden neue Häftlinge als Ersatz in die einzelnen Arbeitskommandos eingeteilt.

In der Nacht holten sich angetrunkene sowjetische Soldaten und Angehörige der polnischen Miliz junge Mädchen und Frauen aus den Baracken. Nach Stunden kamen sie, fürchterlich zugerichtet, zurück.

Die Miliz bestand aus dem „Pöbel", wie eine Zeitzeugin in ihrem Bericht treffend meint. Die Milizangehörigen schlugen auf die Menschen in den Baracken und auf dem Hof rücksichtslos ein, gewohnheitsmäßig und ohne irgendeine Veranlassung. Die Häftlinge mußten im Laufschritt antreten, sich auf dem Hof bewegen usw., wobei sie immer den Prügeln der Miliz ausgesetzt waren. Jeder Häftling achtete darauf, nicht zu den langsamen Letzten zu gehören, weil sie am meisten Prügel abbekamen. Die alten Menschen waren die am meisten Leidtragenden.

Betrat ein Milizangehöriger die Barackenstube, mußte der/die Barackenälteste „Bacznosc!" (Achtung) rufen und alle sprangen sofort auf, auch nachts.

Fast jede Nacht kam die Miliz polternd und fluchend in die Baracken, verbreitete ständige Angst und störte mehrfach die Nachtruhe der am Tage durch Hunger und schwere Arbeit erschöpften Häftlinge, der männlichen und weiblichen. Dann suchten sich die Milizangehörigen willkürlich einige Häftlinge aus, die fürchterlich verprügelt wurden.

Den Milizangehörigen war es ein sichtliches Vergnügen, die „Hitlerowcy", die „deutschen Schweine" als „Cholerys", als „Hurensöhne" und „Hitlersäue" zu beschimpfen und zu verhöhnen und sie mit Gewehrkolben, Gummiknüppeln, Kabelstücken von Starkstromleitungen, mehrschwänzigen Lederpeitschen und anderen Peitschen zusammenzuschlagen. Ständig, gewohnheitsmäßig und rücksichtslos wurde nicht nur in Kaltwasser geprügelt, sondern in allen Lagern. Die Wachstuben wurden zu Folterräumen, wo die wahllos und willkürlich ausgesuchten Häftlinge beschimpft, der Zugehörigkeit zu NS-Gliederungen beschuldigt und dann zusammengeschlagen wurden. Beherrschte ein Häftling die polnische Sprache nicht ausreichend, erregte dies die besondere Wut der Miliz. Bis zu drei Mann schlugen gleichzeitig auf den Mann, die Frau oder den Jugendlichen ein, bis das Opfer sich nicht mehr rühren konnte.

Die Miliz verlangte auch, daß sich die Häftlinge gegenseitig schlugen, wobei die Milizionäre nachhalfen, wenn ihnen die Prügel nicht kräftig genug erschienen. Als einmal ein Achtzehnjähriger seinen jüngeren Bruder nicht schlagen wollte, stießen die Milizangehörigen beide in die Jauchegrube.

Eine andere Methode des Quälens war das „Hasenhüpfen". Es wurde auch in Potulice verlangt und ging so: Die Opfer mußten ein Stück Ofenholz in den Mund nehmen und in der Hocke im Kreis umherhüpfen. Dabei schlugen die umstehenden Milizangehörigen kräftig auf Rücken und Schultern ein. Der Schmerz dehnte sich auf den ganzen Körper aus, der zusehends ermattete. Die Atemluft wurde knapp. Durch die Nase bekamen die Opfer nicht genug Luft und aus dem Mund durfte das Holz nicht fallengelassen werden, denn das hatte zusätzliche Prügel zur Folge. Der volle Mund verhinderte auch Schmerzensschreie. Diese Prozedur wurde von haßerfüllten und zynisch grinsenden Milizianten angeordnet und beobachtet und war eine teuflische Methode, Menschen zu quälen.

Derartige Quälereien wurden an Männern wie Frauen verübt. Die weiblichen Angehörigen der Miliz standen dem infernalischen Treiben der Männer in nichts nach.

Besonders teuflisch verliefen für alle Lager die Nacht zum 20. April und der folgende Tag („Hitlers Geburtstag"). Die Häftlinge wurden als „Geburtstagsgeschenk" fürchterlich geschlagen.

Der Tag im Lager verlief in der Regel so:
Um 6.00 Uhr wurde geweckt, dann wurde zum Frühstück angetreten, um 7.00 Uhr wurde zur Arbeitseinteilung angetreten. Von 12.00 -13.00 Uhr war Mittagspause mit Essenempfang. Um 17.00 Uhr endete die Arbeit und ein Abendessen wurde ausgegeben. Es wurde immer mit der Trillerpfeife gepfiffen, ebenso zur Nachtruhe.

Zum Essensempfang mußte in Zweierreihe Schlange gestanden werden. Nicht selten sah man auf dem Rücken des vor einem Stehenden Läuse krabbeln.

Die Verpflegung bestand morgens, mittags und abends aus einem Liter Wassersuppe mit Kartoffel- oder Kohlstücken als Einlage. Sie war meist ohne Fleisch, Fett und Salz, nur selten gab es ein bißchen Fleisch von verendeten Pferden. Die Kartoffeln waren teilweise erfroren. Selten mal gab es auch vier Pellkartoffeln mit einem Löffel Heringspaste. Nur an Ostern wurde ein wenig Brot ausgegeben, wobei sich die Frauen niederknien und darum bitten mußten.

Die Suppe wurde auf Blechtellern ausgegeben, die nach dem Essen an die Küche zurückzugeben waren. Die Teller waren sehr flach und wer seine Suppe verschüttete, wurde geschlagen. Da es keine Löffel gab, mußte die Suppe geschlürft werden. Bei der Ausgabe drängte der Aufsicht führende Milizmann zur Eile an.

Die Menschen litten entsetzlich unter quälendem Hunger, ihre Körper verfielen zusehends. Hauptsächlich starben die älteren Menschen und die Kleinkinder. Zuerst starben sie an Hunger, dann auch bald an Typhus.

Die arbeitsfähigen Menschen wurden in Arbeitskolonnen eingeteilt und zu verschiedenen Tätigkeiten in und außerhalb der Lager eingesetzt. Dabei standen sie immer unter Bewachung. Die Milizionäre trieben immer an. Pausen durften nicht eingelegt und es durfte untereinander nicht gesprochen werden. Zudem steckte immer die Angst im Nacken der Häftlinge, so daß sie sich zu Taubstummen entwickelten.

Die Arbeitskommandos der Männer wurden im Lager zum Sägen und Hacken von Brennholz sowie im verschneiten Wald zum Fällen von Bäumen mit der Axt eingesetzt.

Auch die Frauen mußten Bäume fällen und Stubben roden, eine für sie viel zu schwere Arbeit. Ein Männerkommando holte mit einem Pritschenwagen, der mit drei großen Fässern ausgerüstet war, von einem Ziehbrunnen auf einem nahen Gehöft Wasser für die Küche. Bis die Fässer gefüllt waren, dauerte es eine Weile. Zudem mußte vorsichtig geschöpft werden, weil der verbeulte Eimer an einem alten

Karabinerhaken hing, der nicht mehr richtig schloß. Dann mußte der Wagen zur Küche gezogen werden, wo die Männer eine Kette bildeten und das Wasser mit zwei Eimern abfüllten. Auch die Frauen mußten auf die gleiche Weise für ihre Küche Wasser holen. Die Appellplätze mußten die Frauen und die Männer fegen, ebenso Betten und Stroh von Baracke zu Baracke tragen. Die Frauen sammelten die Kartoffeln aus und entkeimten sie, mußten mit einem von ihnen gezogenen Wagen Fuhrdienste im Lager ausführen, sogar auch schwere Möbel transportieren, sonntags die Klosetts reinigen. Wenn es für sie keine Arbeit im Lager gab, mußten sie Steinchen sammeln, die später wieder ausgeschüttet wurden.

Außerhalb des Lagers galt es, gefallene deutsche Soldaten und tote Pferde zu beerdigen oder in der Landwirtschaft auf dem Feld und in Kalkgruben zu arbeiten, wo die Häftlinge in den Wintermonaten sehr unter der Kälte litten.

Auch in der Stadt waren verschiedene Arbeitsstellen zu besetzen.

Frauen und Männer wurden zu Arbeiten bei den sowjetischen Truppenteilen herangezogen. Mehrere Frauen arbeiteten in der Wäscherei oder im Lazarett. Die Arbeit bei den Russen in der Stadt war begehrt. Sie war zwar schwer, aber es gab zu essen und man wurde nicht geschlagen.

Bei Umbau von Wohnungen, die für russische Offiziere hergerichtet wurden, halfen Häftlinge mit, den Schutt zu beseitigen.

Im Lager Kaltwasser befanden sich unglaubliche Mengen an Lebensmitteln, Uniformen und andere Vorräte in unterirdischen Lagerräumen der ehemaligen Dynamit A.G., die auf russische Lastwagen verladen werden mußten. Auch diese Arbeit verrichteten die Häftlinge.

Der Mai 1945 war sehr heiß. Die vielen kranken Menschen, die auf dem Fußboden lagen, die keine Möglichkeit hatten, ihre Bedürfnisse zu verrichten, lagen in ihrem Schmutz, wurden von Ungeziefer geplagt, sahen mit offenen Augen ihrem Ende entgegen.

An der Brahe in unmittelbarer Bahnhofsnähe war ein kleines Außenlager von Kaltwasser. Es bestand aus einer Baracke und einem Bootshaus. Das Bootshaus ist später bei der Neugestaltung des Braheufers beseitigt worden. Das Grundstück war mit einem hohen Holzzaun umgeben, der Sichtschutz und Absperrung bot. Eine Stacheldrahtumzäunung und Bewachung durch die Miliz waren nicht vorhanden. In der Baracke waren die Frauen untergebracht, die auf dem Bahnhof mit Kohle beladene Güterwagen ausladen und in Loren für die Lokomotiven umladen mußten. Es war eine harte und schmutzige Arbeit mit vorgeschriebenem hohem Pensum. Die Arbeit geschah immer unter Bewachung, wobei die Frauen angetrieben wurden und keine Pausen machen durften. In diesem kleinen Lager waren die Frauen sehr häufig den Belästigungen durch sowjetische Soldaten ausgesetzt. In jener Nacht zum 20. April 1945 hielt ein Wachmann einige Frauen in einem leeren Güterwagon zurück. Im Lager würden, wie er sagte, „Sonderzuteilungen, Führerpakete und Geburtstagsgeschenke" ausgeteilt.
In dieses Lager wurde eine Einundzwanzigjährige aus Schwetz (Swiecie), die auf der Rückkehr von der Flucht auf dem Bahnhof in Bromberg von der Miliz gefangen

genommen worden war, nach einigen Zwischenstationen am 3. Juni 1945 eingeliefert. Dort waren die Menschen im großen Bootslagerraum nach Geschlechtern getrennt. Der Unterkunftsraum war weder heizbar, noch bot er ausreichend Schutz vor Kälte und Regen. Bettgestelle waren vorhanden. Das Lager bestand seit Januar 1945 und war mit etwa 190 Kranken und alten Deutschen belegt, hauptsächlich mit den 1940 nach Bromberg umgesiedelten Deutschbalten aus dem städtischen Altersheim. Die meisten waren schwer krank. Um sie kümmerte sich niemand. Ärztliche Betreuung und Medikamente gab es nicht. Von ihnen starben täglich etwa 10 bis 15 Personen an Unterernährung und Flecktyphus. Als die junge Frau in das Lager kam, waren sehr viele der Menschen bereits gestorben. Alle Lagerinsassen starben dann bis auf zehn Überlebende. Eine Registrierung der Eingelieferten und Verstorbenen wurde nach Kenntnis der jungen Frau nicht vorgenommen und so besteht auch keine Möglichkeit, Auskunft über die Toten zu erhalten. Die Leichen wurden entkleidet und auf dem Hof in einer Ecke gesammelt und von dort abgeholt. Ihre Kleidung wurde gewaschen und neuer Verwendung zugeführt. Soweit die Menschen noch persönliche Wertsachen besaßen, eignete sie der Lagerleiter sich an. Davon konnte sich die junge Frau überzeugen, als sie zeitweise in dessen Haushalt aushalf.

Die Frau erzählte auch folgendes: Unter den Insassen befanden sich auch einige Kriegsgefangene und ein gefangengehaltener Deutsch-Amerikaner, der angesichts der menschenunwürdigen Zustände einmal äußerte, er werde in Amerika über diese Zustände eingehend berichten. Das hörte der Lagerleiter und enthielt daraufhin dem amerikanischen Staatsbürger die ihm zustehende Entlassungsgenehmigung vor. Das traf den Mann seelisch so empfindsam, daß er sich als Gebrochener auf das Lager legte und nach drei Tagen starb.

Das Essen für das Nebenlager wurde aus dem Hauptlager Kaltwasser angeliefert. Der Lagerleiter sagte einmal zu der jungen Frau, sie solle möglichst nichts davon essen. Da in der Hauptsache alte und kranke Menschen im Lager waren, muß angenommen werden, daß das Essen besonders präpariert war.

Die Arbeitsfähigen mussten in der Stadt Bromberg und in der Umgebung arbeiten. Da die jungen Frauen außerhalb des Lagers von russischen Soldaten belästigt wurden, weigerten sie sich aus Furcht vor Vergewaltigung, ihre Arbeitsplätze in der Stadt aufzusuchen. Daraufhin drohte der Lagerleiter damit, sie in das Lager Kaltwasser einzuliefern, wo, wie er sagte, täglich Russen mit Autos vorfahren würden und es zu Massenvergewaltigungen käme. Außerdem würde dort auch heftig geschlagen.
Die junge Frau selbst kam darauf in einen polnischen Haushalt, wo sie auch über Nacht bleiben konnte. Dort redete man auf sie ein, sie sollte die polnische Staatsbürgerschaft annehmen. Als die Familie einmal verreiste und sie einige Tage allein in der Wohnung blieb, nutzte sie die Gelegenheit, um mit ihrer Freundin zu fliehen. Es gelang beiden, nach Schlesien zu fahren und sich dort einem Ausweisungstransport anzuschließen.

KINDER IN KALTWASSER

Im Lager Kaltwasser befanden sich auch Kinder. In der „Dokumentation der Vertreibung der Deutschen" berichtet eine Krankenschwester über die Kinder: „So leicht und schnell die Erwachsenen starben, so schwer starben die kleinen Kinder. Sie lagen oft die Nacht und den ganzen Tag im Sterben, daß die eigene Mutter ihre Kind schon tot glaubte, schon zu mir kam, ich möchte doch kommen es fortholen. Wie ich nach einigen Stunden erst dazu kam, fand ich das kleine Würmchen noch am Leben. Die Mutter hatte gar nicht mehr in den Wagen geschaut, sie hockte apathisch im Stroh. Nie werde ich das Bild vergessen, das Kind und auch die Mutter …

Was an Kindern noch geblieben war, starb nach und nach. Ende April machten sich Hungertyphus und Ruhr im Lager breit, ein furchtbares Sterben. Man kann tatsächlich sagen, die Menschen starben wie die Fliegen …Eben sprach in noch mit einer Frau, ging dann zur zweiten und dritten Leiche, um „Erkennungsmarken" abzunehmen, dann sagte schon jemand: Schwester, die Frau ist auch schon tot!" (DokV, Nr. 253 S. 526 u. 527).

Eine andere Augenzeugin berichtet: „Die Kinder weinten oft vor Hunger. Einmal gab es Pellkartoffeln mit Heringsstücken und mein fünfjähriger Sohn freute sich schon sehr darauf. Während der Essensausgabe schlief er aber gerade und erlebte es daher nicht, daß das Essen nicht ausgegeben wurde weil die Leute angeblich zu sehr gedrängelt hatten. Nachts erwachte das Kind und schrie so sehr nach Pellkartoffeln, daß ich es noch schlagen mußte, da es die anderen Schlafenden störte. Der Achtjährige schloß sich nun am nächsten Tage älteren Jungen an, die in der Küche Kartoffeln stehlen wollten. Sie wurden jedoch erwischt und erhielten in der Folterkammer 20 Hiebe mit dem Gummiknüppel. Dauernd wurden wir gequält und geschlagen. Viele von uns wurden buchstäblich erschlagen.. Nachts gingen die Polen durch die Räume und schlugen auf die schlafenden Leute ein. Auch Frauen mit Kindern wurden nicht geschont. Viele konnten am nächsten Tag kaum stehen. Ungeziefer – Wanzen – Läuse plagten uns schrecklich, aber nichts geschah dagegen.

Eine Frau hatte für ihre zwei kleinen Kinder etwas Lebensmittel im Kinderwagen versteckt. Sie mußte sie abgeben und wurde geschlagen. Sie saß nun stumpf da und kümmerte sich nicht mehr um die Kinder, die sie nicht mehr füttern konnte. Die Polen meinten, nun wäre sie wohl irre und schlugen sie noch mehr. Um sie aus der Apathie zu wecken, überredete ich sie, am nächsten Tage mit zum Wasser zu kommen (Wasser holen für die Küche). Aber sie brach unterwegs zusammen und ich mußte sie mit der Hand stützen und mitziehen. Das merkten die Polen übel und schlugen die Gepeinigte in der nächsten Nacht ganz tot. Ihre kleinen Kinder starben bald darauf."

Überhaupt wurden Frauen nachts von ihren Schlaflagern geholt und am nächsten Morgen nicht mehr gesehen.

Schon einige Zeit vor Ostern 1945 wurden die älteren Kinder den Müttern weggenommen. Die Mütter und Kinder schrieen fürchterlich, wehrten sich verzweifelt und die Milizangehörigen trieben sie unter brutalen Fußtritten und Schlägen auseinander. Die Kinder kamen in eine Kinderbaracke und litten besonders unter den dortigen Zuständen.

Nach Ostern wurden den Müttern die noch bei ihnen

verbliebenen Kinder bis auf die allerjüngsten weggenommen und mit den Kinder aus der Kinderbaracke in das Dietz′sche Waisenhaus in Bromberg gebracht. Den Müttern wurde nichts über den Grund und Verbleib gesagt. Als den Müttern die Kinder genommen wurden, verloren viele den Rest des Lebensmuts und die Selbstmorde häuften sich.

Die Kinder kamen in Kinderheime und Waisenhäuser und häufig auch einzeln zu polnischen Familien, wo sie „polonisiert" werden sollten.

Eine Augenzeugin berichtet: „Am Morgen standen wir stundenlang auf dem Platz. Da sah ich, wie zwei Milizer mit einer Bekannten, Fräulein F. aus Bromberg, Wollmarkt, loszogen. Sie war sehr elend, schwankte hin und her. Es dauerte nicht lange, da verschwanden sie hinter den Baracken am Waldrand und bald fielen Schüsse.

Überhaupt sah man auf dem Antreteplatz fast zur Unkenntlichkeit geschlagene Mädchen, Frauen und Männer. Eine junge Schaffnerin, eine Reichsdeutsche, hatten die Unmenschen so fürchterlich geschlagen, sie halb ausgezogen, so daß sie barfuß auf dem Schnee bei der Kälte laufen mußte. Nach allen möglichen Übungen, die sie aber nicht verrichten konnte, bekam sie wiederholte Fußtritte. Dann zogen sie mit dem Opfer nach der anderen Seite des Waldes, und bald hörten wir wieder Schüsse fallen, und bald kamen die zwei Milizangehörigen auch zurück, und wieder gingen andere Frauen in den Wald, um ein junges Menschenkind zur ewigen Ruhe zu betten.

Am gleichen Tag wurde noch eine Brombergerin so ums Leben gebracht, wie sie krank war und nicht arbeiten konnte.

Die leibliche eigene Schwester mußte zuschauen und dann auch mit anderen Frauen mit den Händen ein Loch schaufeln. Sie hat es mir am Abend erzählt".

Auf diese Weise mußten wiederholt Frauen die verhungerten und erschlagenen, auf Lastwagen geworfenen Menschen beerdigen.

Wenn die Frauen dabei weinten, schrieen die Bewacher: „Heult nicht, morgen seid Ihr dran!"

Durch widrige Umstände kam auch eine Polin in das Lager und berichtete später: „Das war die Hölle. Die Bewacherinnen quälten die Gefangenen unaufhörlich … Man riß mir alle Sachen vom Leibe, sogar die Unterwäsche. Als Ersatz erhielt ich dafür den durchbluteten Mantel einer Deutschen, der voller Flöhe war. Vorher hatte ich gesehen, wie ein junger UB-Offizier diese Deutsche hingerichtet hatte. Er traf sie in Bauch und Brust. Als sie halb bewußtlos dalag, ging er zur Latrine, verunreinigte seine Stiefel in den Fäkalien und befahl ihr, diese abzulecken. Als sie aufhörte, schlug und trat er sie, bis sie tot war".

In Kaltwasser fanden Massenerschießungen statt. Einmal wurden vierzig Frauen besonders traktiert und drangsaliert. Diese Frauen fanden in der Nacht den Tod. Ihre Leichen sind höchstwahrscheinlich mit einem LKW abgefahren worden. Wochen später wurden wieder sechzig Frauen aussortiert, sie wurden in einen kleinen Raum gesperrt und bekamen nichts zu essen. Einzelne Häftlinge wurden am Tage erschossen. Wenn eine größere Häftlingsgruppe getötet werden sollte, so geschah die Liquidierung auf folgende Weise: Beim Appell sortierten Milizangehörige kranke, elende und alte Menschen aus, führten sie in einen leeren Barackenraum und sperrten sie ein. Zu essen bekamen sie nichts mehr. Nach Mitternacht wurden die Menschen in den Wald getrieben, der sich an das Lager anschloß. Dort waren viele Laufgräben. Hier mußten sie sich in einer Reihe an den Rand des Grabens aufstellen und nackt ausziehen.

An beiden Enden befanden sich Maschinengewehre in Stellung. Ein Kommando ertönte, Maschinengewehrfeuer krachte und eine lange Reihe Menschen fiel in den Graben.

Dann wurden mehrere Männer geweckt und zur Richtstätte geführt, um die Gräben zuzuschaufeln. Nicht alle Hingerichteten waren gleich tot, wurden aber trotzdem mit Erde zugeschüttet. Einmal hatte ein Mann sehr geschrieen und um eine Kugel gebettelt. Da befahl der Posten dem Mann, der zuschaufelte, er solle ihm mit dem Spaten den Kopf einschlagen, damit er Ruhe gebe. Nachdem dieser Befehl aber nicht ausgeführt wurde, gab der Posten einen Schuß ab und der Mann vom Schaufelkommando fiel tot auf den noch lebenden Mitgefangenen in der Grube. Es mußte weiter zugeschaufelt werden. Den Männern, die dazu ausgewählt worden waren, wurde striktes Schweigen befohlen. Sie wurden später ebenfalls liquidiert.

Trotz aller Geheimhaltung und Vertuschung ließen sich die die vielen Massengräber offenbar nicht verbergen, denn Jahre später entstand eine Löffelbuddelei nach Zahngold. Heute ist das meiste Gelände bewaldetes staatliches Forstgebiet.

Zwischen 1976 – 1981 begannen im Frühjahr im Stadtteil Karlsdorf (Kapusciska), zwischen dem Krankenhaus Nr. 2 und den im roten Backstein errichteten Einfamilienhäusern in Richtung auf den Stadtteil Schöndorf (Glinki) Erdarbeiten, wahrscheinlich für die Verlegung der Fernheizung. Dabei wurde auf einer Fläche von etwa 15 mal 5 m bis zu einer Tiefe von 4,5 m eine große Anzahl menschlicher Knochen gefunden, die sowohl von Männern als auch von Frauen sein konnten. Aus der Anzahl und der Art der Knochenfunde ging hervor, dass sich an dieser Stelle ein Massengrab befand. Es fanden sich kleine Gegenstände, die auf eine militärische Ausrüstung schließen ließen, daneben deutsches Geld, ein deutsches Gesangbuch, ein Rosenkranz. Die Toten wiesen keine Schusswunden auf. Man vermutete polnische Opfer des NS-Regimes gefunden zu haben, worüber auch die Presse berichtete. Folglich war neben der Bezirksstaatsanwaltschaft auch die Staatsanwaltschaft der „Kommission zur Erforschung der NS-Verbrechen in Polen", Abt. Bromberg, mit der Untersuchung befaßt.

Aber bald stellte sich heraus, daß in diesem Grab Menschen deutscher Nationalität begraben waren, die in dem etwa 400 bis 500 m entfernten Barackenlager Kaltwasser offenbar an Unterernährung und Typhus gestorben waren. Über diese Erkenntnis aber schwieg die polnische Presse. Das Grab wurde wieder zugeschüttet, die Rohrverlegung an anderer Stelle vorgenommen, die Grabstätte aber nicht als solche gekennzeichnet. Jedenfalls wurden durch diesen Fund die in den Berichten der einstigen Insassen gemachten Angaben bestätigt (schriftlicher Bericht eines beteiligten Bromberger Gewährsmanns).

In zwei Todeslisten der Lagerverwaltung Kaltwasser werden für den Zeitraum vom 18. Februar – 5. April 1945 namentlich 364 Verstorbene ausgewiesen, und zwar täglich bis zu

22, im Tagesschnitt 7,7 Personen. Aus den Angaben ergibt sich, daß die älteste verstorbene Person 87 Jahre und die jüngste 2 Monate alt waren.

Nach dem 5. April 45 wurden die „Todesanzeigen" noch auf deutschen Vordrucken dem Standesamt unter Verzicht auf die Nennung des Lagers mit der unauffälligeren Straßenangabe „Ul. 3 maja16" gemeldet, wobei als Todesursache „natürlicher Tod" angegeben wird. (Eine Liste mit 100 Namen von in der Zeit vom 27. März bis 5. April 1945 im Lager Kaltwasser Gestorbenen wurde vom Minisertswa Bezpieczenstwa Publicznego am 9. April 1945 an das Standesamt Bromberg übersandt. Eine Liste mit den Namen von 264 Toten übersandte die Verwaltung des Lagers Kaltwasser mit Schreiben vom 27. März 1945 an dasselbe Standesamt.)

Diese Listen verzeichnen nur einen kleinen Teil der tatsächlich im Lager umgekommenen Personen. Und dennoch weigerte sich das städtische Standesamt Bromberg, der Aufforderung des Bromberger Wojwoden nachzukommen, die gemeldeten Personen in das Sterberegister aufzunehmen, bezeichnenderweise aus folgendem Grunde: „ …eine so große Menge von Personen, die in relativ kurzen Zeitabständen im hiesigen Arbeitslager Kaltwasser gestorben sind, könne die polnischen Verhältnis dieser Zeit deutscherseits oder international, etwa „im Zeichen der Liga zum Schutz der Menschenrechte" („pod znaku Ligi Obrony Praw Glowieka") in ein abträgliches Licht stellen und einen Erklärungsbedarf verursachen.

(Urzad stanu Ciwilnego na obwbd mieski w Bydgoszczy (Standesamt Bromberg) Nr. Tj 2/1945 v. 4. Dezember 1945 an die Wojewodschaftsbehörde Bromberg).

Ein Unrechtsbewußtsein war also vorhanden, und auf dieses

wurde vergeblich aufmerksam gemacht. Die erwähnten Todeslisten enthalten nur wenige hundert Namen der mehreren tausend Toten von Kaltwasser.

In den Todeslisten aufgeführt ist beispielsweise der Name
der Witwe des ermordeten deutschen evangelischen Su-
perintendenten Aßmann, Else Aßmann, gestorben am 11.
März 1945. Unter den Brombergern war bekannt, dass
sie mit Tochter und Enkeltochter im Lager war und dort
starb. Es fehlen die Namen sehr vieler Opfer, von deren
Tod die Angehörigen selbst als Mithäftlinge, oder über andere Insassen, sichere Kenntnis besitzen. Auch geht aus den
Berichten einstiger Häftlinge hervor, daß die Führung der
Personendaten erst allmählich und dann noch unvollständig
erfolgt ist. Diese Aussage findet mehrfache Bestätigungen
durch die unvollständigen Personenangaben in den Listen
(bei einzelnen Namen fehlen Geburtsdatum und –ort und
sogar der Vorname, mithin die Geschlechtsangabe und das
Todesdatum) durch die flüchtig geführten Sterbebücher
und durch die Existenz der Massengräber.
Als die deutsche Wehrmacht am 8. Mai 1945 kapitulierte,
erfuhren es die Inhaftierten durch die Freudenschreie der
Milizangehörigen: „Deutschland kaputt, Deutschland im
Arsch!" Die Hoffnung der Internierten, nun freizukommen,
war trügerisch. Im April 1945 hatte die Auflösung des Lagers
begonnen. Die Kinder, die überlebt hatten, kamen in das
Dietzsche Waisenhaus in Bromberg. Die noch vorhandenen Kranken wurden auf Lastautos in das Lager Kruschwitz
(Kruszwica) südlich von Hohensalza, gebracht. Das Personal
und die restlichen Häftlinge übernahm das Lager in Langenau, ein Dorf südöstlich von Bromberg.

Als dieses Lager Ende März 1946 aufgelöst wurde, mußten die Insassen am 31. März 1946 den Weg zum Lager Potulice zu Fuß antreten. Wen jemand später das Wort „Kaltwasser" hörte, dann lautetet die Frage: „Waren sie etwa auch dort? Und Sie sind noch lebendig herausgekommen?"

Für das Lager Kaltwasser sind das große Sterben und der planvolle Massenmord festzuhalten. Soweit nicht der Hunger und der Typhus bereits reiche Ernte hielten, starben die nicht arbeitsfähigen Menschen in großer Zahl durch planmäßigen Massenmord. Seit Bestehen des Lagers, also seit Februar 1945, war er im Lager Kaltwasser gängige Praxis. Hiervon betroffen waren Generationen deutscher Menschen aus Bromberg und Umgebung. Für viele Familien blieb die Gewißheit über das Schicksal ihrer Großeltern, Mütter, Geschwister und Kinder seither ungeklärt. Auskünfte wurden nie erteilt.

DAS AKZISEHAUS AM MARKT IN FORDON

Im Weichselstädtchen Fordon, das heute nach Bromberg eingemeindet ist, dient das 1780-83 gebaute Akzisehaus am Markt seit 1853 als Provinzialzuchthaus für Frauen.

Dorthin wurden deutsche Frauen gebracht, die 1945 unter Vorwänden zu Gefängnisstrafen verurteilt wurden. Darunter waren Frauen, die Ende 1947 aus den Gefängnissen Danzig und Marienburg hierher verlegt worden waren.

Bei der Ankunft im Zuchthaus mußten die Frauen duschen. Während dessen wurde ihnen die gesamte Kleidung abgenommen. Eine junge Mitgefangene behielt ein Taschentuch in der Hand, worauf eine Beamtin ihr sogleich so ins Gesicht schlug, daß ihre Brille herunterfiel. Ohne Brille konnte sie fast nichts sehen und sie stellte sich nicht richtig unter die Dusche. Darauf bekam sie so einen Schlag vor die Brust, dass sie auf dem nassen Holzgitter ausrutschte und mit dem Kopf gegen die Wand stieß. Eine deutsche Mitgefangene wollte ihr helfen, durfte aber nicht. Als sie nicht schnell genug aufstand, wurde sie mit Füßen getreten.

Neuankömmlinge mussten zwei Wochen lang in Quarantäne, wurden zu zwölft in kleine, enge Zellen gesperrt, aus denen sie nicht herauskamen. Sie mußten zu zweit auf den Pritschen schlafen und konnten sich tagsüber im engen Raum kaum bewegen.

Eine der deutschen Frauen erkrankte Anfang Mai 1948 an Bauchtyphus. Es wurde ihr nicht erlaubt, sich hinzulegen, die Aufnahme ins Spital wurde ihr verwehrt. Der Arzt hielt ihre Krankheit für eine „Komödie". Ohnehin landeten die Krankengemeldeten in der überwiegenden Anzahl in dunkler Kellerhaft. Nach dreiwöchiger unsagbarer Qual, gestützt von ihren Zellennachbarinnen, bestätigte sich ihre Erkrankung durch eine allgemeine Stuhluntersuchung.

Nachdem die Häftlinge ihre Zeit abgesessen hatten, wurde die Gefängniskleidung gegen die eigene ausgewechselt. In die Freiheit entlassen wurden sie nicht, sondern in das Lager Potulice überführt.

DAS LAGER IN HOHENSALZA (INOWROCLAW)

In Hohensalza fielen dem Haß der ersten Tage deutsche Zivilisten und die Verwundeten im Lazarett zum Opfer. Eine Frauenleiche mit einer Eisenstange im nackten Unterleib und viele andere in dieser Art zum Spott hingestellte Leichen, darunter viele in gestreiften Lazarettanzügen der deutschen Verwundeten sah eine von der Flucht als Treckbegleiterin zurückgekehrte Krankenschwester, die dort ins Lager eingeliefert wurde. Ihr wurden ihre hohen Stiefel auf Befehl des polnischen Offiziers ausgezogen. Sie erhielt statt dessen große Holzpantinen. Als Krankenschwester und mit Schwesterntracht hatte sie Zugang zu allen Baracken im Lager. „In der Baracke der alten Männer bot sich mir ein grauenhaftes Bild. Auf schmutzigen, dünnen Strohsäcken lagen Männer, meist über sechzig Jahre alt, zum Skelett abgemagert, in schmutzigen, zerfetzten Kleidern. Sie hatten fast alle Durchfall und konnten sich allein nicht mehr helfen, viele hatten auch erfrorene Hände und Füße.

Die ersten zwei Monate gab es weder ein Stück Brot noch eine Kartoffel. Suppen aus gefrorenen Möhren oder Kohl waren unsere einzige Nahrung.

Bei meinem Erscheinen in der Altmännerbaracke streckten sich mir die zitternden, halbnackten, knochigen Arme entgegen. Ich war aber machtlos. Weder konnte ich den Hunger bannen, noch hatte ich Medikamente gegen den Durchfall oder konnte auf irgendeine andere Weise das Elend lindern.

Die Behandlung seitens der Wachmannschaft war brutal. So manche Nacht hörte ich die Schreie der Unglücklichen.

Aus der Baracke der alten Frauen waren eines Morgens zwei der schwächsten verschwunden. Die anderen Frauen waren ganz verstört und hatten Angst, Auskunft zu geben. Dann erfuhr ich, daß der Kommandant mit dem Milizmann zusammen die zwei Frauen in der Nacht heraus getrieben und hinter der Außentür erschlagen hatte. Ich hatte noch am Türpfosten Blut- und Gehirnspuren gesehen, das Erdreich herum war frisch aufgeharkt."

Die Frauen wurden besonders schikaniert. Sie durften sich nicht waschen, nicht im Schritt gehen, sondern nur im Laufschritt, wurden ständig belästigt und nachts vergewaltigt. In der Nacht hörte man sie immer schreien.

Erschütternd war die Szene, die sich Mitte April 1945 ergab, als ein Lastwagen in den Hof fuhr und den Müttern die Kinder gewaltsam abgenommen und in ein Kinderheim gebracht wurden. „Ich habe einige dieser Kinder später gesehen. Tiefe Wunden am ganzen Körper und dieser von dicken Trauben von Läusen bedeckt", so die Augenzeugin.

Eines Abends mussten alle zur „Abendandacht" antreten und eine polnische Liturgie singen. Wer nicht sang, wurde mit Stiefeln getreten und geschlagen. „Die Litanei dauerte eine Stunde. Hier Beten, dort Morden. Dann ging es auf die Pritschen, alle mussten sich ausziehen und mit ein paar Lumpen sollte man sich zudecken. Wer nicht ausgezogen war, wurde geschlagen und erschlagen. „Platzkommandant" war der als „Schrecken des Lagers" berüchtigte Wladyslaw Dopierala, der später von Potulice übernommen wurde. Prahlend erzählte er von den vielen Deutschen, die er persönlich „umgelegt" hätte. Dazu waren provisorisch angefertigte Särge in zwei Reihen aufgestellt. Hier hinein mußten sich die Menschen legen, er ging durch die Reihen und gab ihnen den Genickschuß. Das war das Ende vieler."

Die Toten wurden in der Leichenkammer gesammelt, morgens von Männern entkleidet, etwa einmal in der Woche auf einen großen Leiterwagen geworfen, der nachts zu den Massengräbern fuhr. Die hiermit beschäftigten Männer trug man dann irgendwann auch hinaus.

Die Namen der Toten wurden nicht aufgeschrieben. Man durfte nicht danach fragen und darüber sprechen. Die Strafen und die Behandlung im Lager waren hart.

DAS PROVINIALZUCHTHAUS IN KRONE (KORONOWO)

Im Brahestädtchen Krone (Koronowo) befand sich ein Zisterzienserkloster, das nach dem Aussterben der Mönche 1819 aufgehoben worden war. Wegen der dicken Mauern, die das Klostergelände umschlossen, wurde hier das Provinzialzuchthaus für Männer eingerichtet. Noch heute dient es diesem Zweck..

Anfang 1945 lieferte die Miliz hier in großer Zahl deutsche Frauen, Männer, Kinder, ganze Familien ein, so daß die Anstalt überfüllt war. 30 bis 40 Personen mußten sich eine Zelle teilen. Sie schliefen auf Pritschen, Strohsäcken und auf dem kalten Betonfußboden. Ungeziefer breitete sich aus.

Die Aufsicht oblag Milizangehörigen, die die internierten Menschen fürchterlich schlugen. Bei Ankunft „im Lager stand Knuth blutüberströmt mit blaugeschlagenen Augen und einer Wunde am Hals und an der Backe da", berichtet ein Nachbar einem anderen 1946 in einem Brief. „In einem Saal waren meine Verwandten und die anderen Vertriebenen untergebracht, Hier erschienen an zwei Tagen nacheinander Ihr Schwager und die beiden anderen Männer. Sie mußten die Leute im Saal mit „Heil Hitler" grüßen und wurden dann wieder abgeführt. Von Mal zu Mal wurden sie mehr zugerichtet und zerschlagen. In der dritten Nacht waren dumpfe Schläge zu hören. Von da an wurden Ihr Schwager und seine beiden Leidensgefährten nicht mehr gesehen. Es ist daher mit Bestimmtheit anzunehmen, daß er nicht mehr unter den Lebenden weilt." „Knuth war ein auch bei den Polen geachteter Mann. Trotzdem wurde er grausam zu Tode gerichtet".

Im Lager wurde um 5.00 Uhr morgens geweckt, um 6.00 Uhr war Antreten zur Arbeit. Während der kalten Wintermonate mussten hauptsächlich verschiedene Reinigungsarbeiten im Zuchthaus verrichtet werden, wobei schikanös absichtlich verschmutzte Abortanlagen mit Fingern gesäubert werden mußten. Die Benutzung irgendeines Gegenstands war verboten. Um 17.Uhr mussten alle in den Zellen sein, dann gab es Wassersuppe.

Eine junge Frau hatte etwas Brot aufgehoben, um es ihrem mitinhaftierten Vater zu geben, traf ihn aber beim Appell auf dem Hof nicht an. Bei einer Zellenkontrolle wurde es gefunden. Die Miliz nahm an, daß es verbotswidrig von außen hereingeschmuggelt worden war. Sie wurde daraufhin in eine kleine Kellerzelle geführt, die weder Licht noch Luftzufuhr hatte. Dort mußte sie sich nackt ausziehen und wurde, obwohl sie stark blutende Mensis hatte, mit Gummiknüppeln und Kolben so brutal zusammengeschlagen, daß Zähne ausfielen und sie bewußtlos zusammenbrach.

Sie wurde mit einem Eimer Wasser übergossen und liegengelassen. Am dritten Tag kam ein Milizant wieder und schlug sie erneut zusammen. Fiebernd und am ganzen Körper wund geschlagen, war sie dem Wahnsinn nahe und bat, lieber erschossen zu werden. Die Antwort lautete: „Ihr deutschen Schweine sollt alle krepieren".

Essen bekam sie in den fünf Tagen Dunkelhaft nicht. Die Schikanen hörten nicht auf, bis sie starb. Es war Anfang April 1945. In der Nebenzelle wurden andere Frauen in gleicher Weise zusammengeschlagen. Der Gefängnisleiter, Naczelnik Belczyk, war ein Deutschenhasser. Er ordnete das entsetzliche Schlagen der „deutsche Schweine" an.

Vor den Augen der Berichterstatterin wurde auf dem Hof der Landwirt Willi Kuhlmeier aus Sanddorf (Samociazek) erschlagen. Seine Leiche blieb noch mehrere Tage an der Gefängnismauer liegen.

All diesen Quälereien war die Mutter der Berichterstatterin nicht gewachsen und starb schon am 10. März 1945. Völlig entblößt wurde sie mit anderen in eine Grube geworfen.

Selbstmord durch Erhängen gehörte zur Tagesordnung. Nicht selten sprangen gequälte Menschen in die dicht am Gefängnis vorbeifließende Brahe, um ihrem Leben ein Ende zu setzen.

DAS LAGER IN KRUSCHWITZ (KRUSZWICA)

In dem in Kruschwitz, 15 Kilometer südlich von Hohensalza, eingerichteten Lager befanden sich deutsche Internierte aus der Umgebung sowie abgefangene Flüchtlinge.

Die Verpflegung bestand aus Wassersuppe und zwei Scheiben Brot pro Woche.

Nach vier Wochen starben bereits viele an Entkräftung und wurden entkleidet in eine Grube geworfen. Im April 1945 wurden Ruhrkranke bei noch ziemlich rauher Witterung in den See getrieben, wo sie sich waschen sollten.

Es waren meist alte und schwache Leute. Die Milizangehörigen im Lager mußten laut schriftlicher Lagerordnung
mit „Ich bin ein deutsches Schwein" gegrüßt werden. Wer
„Guten Tag" sagte, bekam Hiebe mit dem Gummiknüppel. Jeden Abend kamen sowjetische Soldaten und holten
sich Mädchen und Frauen heraus, um sie zu mißbrauchen.
Zuweilen hörte man nachts Schüsse und wusste dann, daß
wieder deutsche Menschen ihr Leben lassen mußten.
Arbeitsfähige Insassen wurden zur Landarbeit auf Gütern
vermittelt, wo sie ebenso mißhandelt und grundlos gequält
wurden wie im Lager.
Ab Dezember 1945 wurden die Insassen nach Potulice überführt. Im Juni 1946 wurden die Kranken aus Kaltwasser nach
Kruschwitz gebracht. Hier starben sie bald, ebenso wie die alten Menschen – dafür sorgte die mangelhafte Verpflegung.

IN KULM (CHELMNO)

Die jungen Milizangehörigen waren auch hier Schlägertypen
und mißhandelten die Insassen. Alle Frauen mußten zur
Arbeit gehen.
„Meine Mutter konnte nicht, ihr waren die Beine kaputt-
geschlagen und –gestochen", mit dem Bajonett, berichtete
ein mit ihren Angehörigen inhaftiertes damals 13-jähriges
Kulmer Mädchen. „Nachts wurden wir ins Treppenhaus he-
rausgerufen und mußten singen: „Deutschland, Deutschland
über alles". Dann hatte die Miliz dazwischengeschlagen. Es
gab viele Tote. Einer nach dem anderen ist dort verschwunden. Nicht alle waren sofort tot, einige bewegten sich noch,
auch die wurden verscharrt."

Die deutschen Gutsbesitzer wurden alle erschlagen.

„Unsere Zelle war neben dem Büro, da konnte man alles hören, wie die Schläge fielen und das Schreien … Die Leute hatten dicke Beine, die platzten auf und sie starben. Sie wurden auf dem Hof auf einen Haufen geworfen. Viele, viele – die haben sich noch bewegt. Dann haben sie die auf einen Handwagen geschmissen und ins Massengrab geworfen. Die Schwester meiner Mutter war auch noch nicht tot, da wurde sie an einem Bein gepackt und auf den Haufen dazugeworfen."

(Bericht von Christine Daudert. Barfuß zur Zwangsarbeit in der Heimat. In: Westpreußen-Jahrbuch 1985, Bd. 35, S.37-39).

Im Sommer 1946 erfolgte die Verlegung der Lagerinsassen in das Zentrallager Potulice.

DAS LAGER IN LANGENAU (LEGNOW0)

Das Lager in Langenau, einem Dorf südöstlich von Bromberg, das 1954 eingemeindet wurde, war ein Lager mit Baracken. Lagerleiter waren nacheinander: Krakowski, Sobolski und Podejma.

Die Baracken waren verlaust, es gab Mäuse und Ratten. Die Deutschen wurden ihrer letzten Habseligkeiten und ihrer tragfähigen Kleidung beraubt. Einem alten Mann wurde selbst die Bibel abgenommen. Ein Pfarrer, der für seine Gefährten eine kleine Andacht halten wollte, wurde zum Latrinenreinigen eingeteilt.

Die Kloakengrube war nicht recht zugedeckt, so daß Kinder hineinfielen.

Die Insassen mussten die Toten entkleiden und in Papiersäcken in einem Massengrab unweit des Lagers begraben. Medikamente und ärztliche Betreuung gab es nicht.

Die Frauen fürchteten besonders die weiblichen polnischen Milizangehörigen. Die weibliche Miliz erprobte mit Vorliebe die Treffsicherheit ihrer Schießkunst und ihrer Waffen, indem sie Internierte an die Barackenwand stellte, an ihnen knapp vorbeischoss, ähnlich den Kunststücken eines Messerwerfers. Ging es daneben, dann war es eben geschehen und hatte keine Folgen.

Nachts unternahmen Milizangehörige, meist in betrunkenem Zustand, lärmend ihre Kontrollgänge, wobei sie stets Russen mitbrachten, die sich für Alkohol Frauen aussuchen durften.

Allein die Zahl der registrierten Toten beträgt mindestens 1200 (DokV 267 S.586).

Am 30. März 1946 wurde das Lager aufgelöst. Die Internierten und ein Teil des Personals kamen in das Zentrallager Potulice.

DAS INTERNIERUNGSLAGER IN NAKEL (NAKLO)

Ein Internierungslager richtete die Miliz auch in Nakel in den Baracken des einstigen Arbeitsdienstes- und Wehrertüchtigungslagers ein. Hier wurden vor allem die Deutschen aus dem Kreisgebiet Wirsitz (Wyrzysk) eingeliefert, nachdem sie aus den Wohnungen und von den Höfen geholt worden waren.

Sie mußten in den Baracken auf Stroh auf dem Fußboden

liegen, geplagt von Läusen, Wanzen und Flöhen. Die Verpflegung bestand aus einer Scheibe Brot und mittags einer Wassersuppe mit erfrorenen Rübenstücken. Kranke wurden nicht behandelt. Es starben täglich viele Menschen, besonders Ältere und Kleinkinder. Viele wurden von hier aus in die Sowjetunion verschleppt.

Tagsüber waren immer Arbeitskommandos in Aufräumungsarbeiten in der Stadt eingesetzt. Abends bei den Appellen wurden Gefangene aussortiert und hinter das Lager in die Sandberge getrieben. Danach waren Schüsse zu hören, zurück kamen nur die Milizangehörigen. Dieses Schicksal traf auch Pfarrer Georg Wilke aus Lindenwald (Wawelno).

Täglich kamen Bauern ins Lager und holten sich Arbeitskräfte.

Im März 1945 wurde ein Teil der Insassen zu Fuß in das Lager Potulice überführt, später alle. Als die Transporte der Internierten nach Deutschland begannen, richtete das Polnische Rote Kreuz hier ein Durchgangslager für die Abfertigung und die Wartezeit bis zum Eintreffen des jeweiligen Sondergüterzuges ein.

DAS LAGER IN NEUENBURG (NOWE)

In dem auf der Weichselhöhe gelegenen Städtchen Neuenburg (Nowe) wurden die verhafteten Deutschen in den Rathauskeller gesperrt, die Menschen aus der Umgebung, die auf der Flucht umherirrenden Ostpreußen. Persönliche Sachen und Geld, auch Winterkleidung wurde ihnen abgenommen. In den engen Räumen hatten die zusammengepferchten Menschen nur mit angezogenen Beinen Platz.

Morgens mußte auf dem Hof angetreten werden, die Frauen mussten einen Kreis bilden, die wenigen älteren Männer an den kalten Wintertagen sich mit entblößtem Oberkörper nacheinander unter eine Wasserpumpe stellen und eine kalte Dusche empfangen. Danach mußten sie auf Befehl auf der mit Reif bedeckten Erde Bodengymnastik – Hinlegen, Auf, Nieder, Kniebeugen – ausführen.

Ein kranker junger Mann sollte mit einem dicken Knüppel auf die Männer einschlagen. Da er sich weigerte, wurde er von einem Milizmann unbarmherzig zusammengeschlagen.

Auch hier wieder brachten sowjetische Soldaten den polnischen Wachmännern Schnaps, dafür durften sie nachts in den Schuppen. Mit Taschenlampen suchten sie sich ihre Opfer aus. Wenn jemand nicht gleich mitkam, half der Karabinerschlag nach. Wenn die anderen morgens aus den Baracken kamen, fanden sie oft Frauen vor dem Schuppen, die besonders gequält worden waren und sich nicht selbst zurückschleppen konnten.

Der fehlende Stacheldrahtzaun wurde durch verstärkte Wache ausgeglichen. Frauen und Männer wurden dicht gedrängt zusammen in einem großen Raum untergebracht Die Verpflegung war sehr schlecht Die Tagesration bestand aus einer Scheibe trockenem Brot und schwarzem Gerstenkaffee. Körperlich schwere Arbeit mußte von Sonnenaufgang bis Sonnenuntergang geleistet werden, dazu kam das Reinigen verschmutzter Aborts, Wegschaffen von Schutt auf den Straßen und verschiedene sonstige schmutzige Arbeiten. Die Menschen litten unter Durchfall. Wer nicht widerstandsfähig genug war, ging ein. Eine junge Frau aus der Elchniederung starb eines Nachts. Das etwa fünfjährige kleine blonde Töchterchen blieb mit traurigen Augen an der Leiche ihrer Mutter sitzen. Kein Wachmann kümmerte sich darum.

Die Wachmänner machten mit den Inhaftierten ihren Spaß beim „Frühsport" und mit dem „Abendtheater". Die Menschen mußten im Schuppen antreten. Dann hieß es, einer sollte raus und dann erschossen werden. Daraufhin sprangen etwa zehn Männer vor, die lieber den schnellen Tod als Hunger und diese Qualen erleiden wollten. Dann lachten die Wachmänner und schossen über die Köpfe hinweg.

DAS LAGER IN WILHELSHAULAND (POLICHNOWO)

Ende Januar und Anfang Februar 1945 wurden in Wilhelms-hauland (Polichnowo, Gemeinde Wilhelmsdorf, Kr. Wirsitz (Wyrzysk) ein improvisiertes Lager eingerichtet.

Der Ort liegt südwestlich von Nakel an der Netze. Hier wurden deutsche Männer und Frauen zu Schanzarbeiten verpflichtet. Als Männerlager diente „Wendlands Saal". Dort wurden die Menschen auf bestialische Weise mißhandelt. Ein Bauer mußte sich mit dem Gesicht auf eine ausgeschlagene Konservenbüchse legen, dann wurde auf ihn eingeprügelt. Um sein blutverschmiertes Gesicht angeblich zu reinigen, haben zwei Polen mitten auf der kaum mit Schnee bedeck-ten Straße mit seinem Gesicht regelrecht gehobelt.

Geprügelt wurde mit armdicken Stöcken. Die Wachmänner schlugen derart heftig, daß die Menschen vor Schmerzen Selbstmordversuche unternahmen.

Andere Mißhandelte konnten nicht mehr aufstehen und

verendeten langsam. Fast zu Tode geschlagene Menschen wurden nachts herausgeholt und erschossen.

In der Nacht zum 4. März 1945 mußten die Männer sich aneinandergereiht aufstellen, dann wurde auf sie so brutal eingeschlagen, daß etliche erschlagen wurden und die anderen, je nachdem, wie sie getroffen worden waren, weder stehen noch liegen konnten. Ein Mann ist dabei erblindet. Ein Leidensgefährte, der sich schon etwas erholt hatte, zog ihn auf sein Lager und nahm sich seiner an, und das Augenlicht hat sich später wieder eingestellt. (Bericht: Altenburgunder Heimatbote 4, 1958 Nr. 23 S.4-5).

DAS LAGER IN SCHUBIN (SZUBIN)

Über das in der Posener Kreisstadt Schubin (Szubin), südwestlich von Bromberg, eingerichtete Internierungslager wird berichtet, daß dort „die Hölle" los war. Es wurde viel geschlagen. „Der Kommandant des Lagers konnte fließend Deutsch. Da hat er eines Tages alle Internierten auf den Platz beordert und uns eine Rede gehalten: „Ich bin der Mordkommandant. Ich werde dafür sorgen, daß in fünf Jahren kein Deutscher mehr am Leben ist". (Bericht: Altburgunder Heimatbote 4. 1958 Nr. 23 S.4-5)

Die arbeitsfähigen Personen wurden zur Landarbeit vermietet. Die Tragödie hinsichtlich der Trennung der Kinder von ihren Müttern vollzog sich auch hier. (Bericht: Ella Freier, Bericht einer mißglückten Flucht 1945. In: Der Kreis Schubin. S.129-131)

DAS LAGER IN SCHWETZ AN DER WEICHSEL (SWIECIE)

Der Name der Stadt Schwetz a.d. Weichsel wird im Zusammenhang mit den fürchterlichen Ereignissen 1945 mehrfach erwähnt. In dieser Kreisstadt befanden sich ein Internierungslager und ein zentrales Kinderheim. Schreckliche Erinnerungen sind mit dem Internierungslager verbunden. Hier wurden Kriegsgefangene, die verbliebene deutsche Bevölkerung der Stadt und der Umgebung, von der Flucht heimkehrenden Polendeutschen und Ostpreußen und aus Ostpommern hierher getriebene Menschen hinter Stacheldraht gesperrt. Da das ehemalige Reichsarbeitsdienstlager, mit hohem Stacheldraht versehen, die Kaserne und das Gefängnis nicht ausreichten wurden anfangs zeitweise auch Schulen belegt. Als die anderen Lager im Kreisgebiet, in Grutschno (Gruszno) und in Neuenburg aufgelöst worden waren, kamen die Deutschen nach strapaziösen Fußmärschen in das Schwetzer Lager.

Nach Auflösung dieses Kreislagers im Frühjahr 1946 wurden die Insassen in Viehwaggons abtransportiert und in das Zentrallager Potulice überstellt. Aus all diesen Lagern suchte sich der NKWD Frauen und Männer zur Deportation in die Sowjetunion heraus.

„Im Lager Schwetz war das große Sterben" so berichtet eine Zeitzeugin, und alle anderen Berichte wiederholen diese Feststellung. „Als wir im Frühjahr 1945 eingeliefert wurden, herrschte Typhus, Hungertyphus. Die Frauen hatten unnormal dicke Bäuche und dicke klumpige Beine. Die Kranken wurden in eine gesonderte Baracke gebracht. Morgens wurden zwei gefangene Männer durch dieselbe geschickt, die Toten aufzunehmen und vor die Baracke zu legen.

Es waren schätzungsweise um die 10 Menschen täglich, die da starben. Dann kamen wieder zwei Männer und luden die Toten auf die Bahre und rollten diese fort. Hinter dem Stacheldraht zogen sich offenbar Schutzgräben hin, in die die Leichen schichtweise hineingeworfen wurden. Wenn eine Schicht gelegt war, kam Chlorkalk darüber, bevor die neue begonnen wurde, bis die Grube voll war und mit Erde zugeschüttet wurde.

Ich habe erlebt – und das werde ich nie vergessen – als die Leichen noch in der Baracke lagen, befand sich eine alte Frau im Todeskampf. Beide Hände hatte sie wie anklagend erhoben. Ein entlanggehender Wachmann stieß mit dem eisernen beschlagenen Absatz der Frau in die Schläfe. Darauf lief ein Zittern durch ihren Körper, die Hände fielen herunter, die Frau war tot. Als ich dies alles hier sah und erlebte, fürchtete ich, hier nicht mehr lebend herauszukommen". (Bericht: Luise Dehmker, Naß, Kr. Kulm. Bericht v. 25. Oktober 1982).

Infolge Hunger und Typhus sind 1945 und im Winter 1945/46 mehrere hundert Insassen umgekommen und in Massengräbern verscharrt worden. Aber es gab anfänglich auch Erschießungen. So berichtet eine aus dem Kreis Kulm stammende Frau: „Mein Vater, mein Sohn und ich wurden in Schwetz in einer Schule untergebracht. Wir alle lagen wie Heringe auf dem Fußboden beisammen. Abends kamen die Milizangehörigen mit Riemenpeitschen und schlugen uns. Im Nebenraum waren Männer. Da die Tür etwas offenstand, hörten wir, wie sie sich gegenseitig schlagen mußten. Wer nicht gut genug schlug, bekam Schläge von den Milizangehörigen. Es war ein schreckliches Wimmern.

Am Tag darauf mußten Männer am Schulhof eine Grube ausheben. Und am abend mußten alle diejenigen, die sich krank gemeldet hatten auf dem Hof antreten. Sie mußten sich entkleiden und an der Grube Aufstellung nehmen. Mit einem Maschinengewehr wurden sie dann erschossen. Wir konnten diesen Vorgang vom Fenster aus beobachten, denn draußen war es noch nicht zu dunkel. Es war furchtbar für uns. Wir dachten, daß wir die nächsten sein konnten. Dies ist die Wahrheit." (Luise Dehmker, Naß, Kreis Kulm. Bericht vom 25. Oktober 1987).

Bei Einlieferung in das Lager, so berichtet eine andere aus dem Kreis Schwetz stammende Frau, sei sie mit mehreren jüngeren Frauen in einen naßgegossenen Keller gesperrt worden. Am nächsten Tag wurden sie verhört, dann in das Gefängnis abgeführt und dort mit spöttischen Worten der Wachmänner empfangen worden. Dort wurden sie durchsucht, wieder verhört und die elf Frauen wurden in eine kleine Zelle gesperrt, die so klein war, daß sie zu viert auf einer Pritsche liegen mußten. Die tägliche Suppe gab es in einer hohen Kanne. Da die Frauen weder Löffel noch Kochgeschirr hatten, brachte der Wachmann eine Schüssel und drei Löffel für elf Personen. Um gerecht zu verfahren, wurde genau gezählt, wieviel Löffel voll Suppe jeder verspeist hatte. Zum Frühstück gab es einen Liter braune Brühe, aber kein Brot.

Um 7.00 Uhr morgens mußten die Häftlinge auf dem Hof antreten. Dann kamen Geschäftsleute und Bauern und suchten sich nach Belieben Frauen zur Arbeit aus. Gelegentlich wurden auch mehrere Frauen und Männer vom Gefängnisleiter ausgesucht, um seine Wohnung zu putzen. Dann liefen sie um den Marktplatz herum zur Wohnung, einander an der Hand haltend, damit niemand zurückblieb und geschlagen wurde.

An jedem Abend wurden Männer im Gefängnisgarten eine halbe Stunde gejagt und getrieben, die sich angeblich etwas hatten zuschulden kommen lassen.

Auch in den Zellen schlugen die Wärter heftig zu, so daß Schreien und Wimmern durch die Korridore drang. In einer größeren Nachbarzelle waren alte Männer, die am späten Abend und nachts herausgeholt wurden. Die Frauen hörten dann Schlag-, Jammer- und Stöhngeräusche. Und immer wieder Tote. So kam der größte Teil der Männer um.

Die arbeitsfähigen Frauen und Männer im Lager wurden als Arbeitskraft an Bauern ausgeliehen. Das war für die Torposten ein Geschäft. Sie kamen den Vermittlungswünschen nur dann großzügig nach, wenn sie persönlich dafür Lebensmittel erhielten.

Am 7. Februar 1946 ging ein Transport nach Deutschland. Berücksichtigung fanden aber nur Reichsdeutsche und solche Volksdeutsche, deren Lebensende sich bereits abzeichnete. Im März 1946 wurde das Lager aufgelöst und die Insassen vom Lager Potulice übernommen.

DAS LAGER IN THORN-RUDAK

In Thorn-Rudak, einem südlich der Weichsel und östlich der Vorstadt Podgorz gelegenen Vorort von Thorn, befand sich in Rudak das zum Festungswerk Thorn gehörende Fort 15. Darin richteten die Sowjets ein Zwangsarbeits-, Internierungs- und Gefangenenlager für Deutsche ein, das von der polnischen Miliz verwaltet und bewacht wurde und ungefähr am 18. Mai 1945 ganz in polnische Verwaltung und Verantwortung überging. Das Lager wurde am

24. September 1946 geschlossen und seine bis zum 10. Oktober während Auflösung begann. Diejenigen Häftlinge, die die fürchterlichen Zustände dort überlebt haben, wurden vom Zentralen Arbeitslager Potulice übernommen.
Die Insassen des Lagers waren hauptsächlich Frauen, Kinder und Jugendliche, alte und kranke Menschen, heimische Deutsche und Flüchtlinge aus West- und Ostpreußen. (Bericht: Hildegard Bublitz, Elbing, Bericht vom Mai 1993 u. in Elbinger Nachrichten Nr. 767/44 v. Januar 1994, S. 7-8. Bericht von Walter Büchle. Kreis Thorn vom 21. 3. 93).

Die ankommenden Deutschen wurden unter Schlägen der Bewacher und bespuckt vom gaffenden Gassenvolk zur Festung getrieben. Sogleich nach Betreten des Forts wurden die Deutschen durchsucht und ihrer letzten persönlichen Habe beraubt. Wurden noch versteckte oder eingenähte Wertsachen gefunden, gab es wieder Schläge.
Dann mussten sich die Neuankömmlinge entkleiden und alle Körperhaare wurden geschoren.
Immer wieder wurden die „Deutschen Schweine", ein überall gebräuchliches Schimpfwort, mit Knüppeln bedroht und Mißhandlungen ausgesetzt. Überhaupt wurde bei geringfügigsten „Vergehen" geprügelt, oftmals bis zur Bewußtlosigkeit, in nicht wenigen Fällen wurden Häftlinge sogar erschlagen. Ein Milizmann schlug einen Internierten, bis er mit unkenntlich zugerichtetem Gesicht tot zusammenbrach. Durch Schläge bewirkte Schwerhörigkeit war weit verbreitet.
Auch der bekannte Thorner Fleischermeister Dobslaff wurde erschlagen.
Als weitere Strafmaßnahme wurden die Gefangenen

24 Stunden in einer dunklen Zelle ins kalte Wasser gestellt. Unter den Bewachern befanden sich Verbrecher und Schlägertypen.

Besonders grausam waren der Lagerkommandant Peter, der Milizmann Orlowski und die Kapos Lorenz und Zahn. (Berichte der Zeugen Frau Bublitz-Büchle, Erich Abramowski, vom 28. November 1987. Ursula Barth, früher Thorn, vom Juni 1993).

Die Insassen wurden nachts mit Schlägen durch die Gänge getrieben. Auf die Frauen, manche hatten ihr Kleinkind auf dem Arm, wurde keine Rücksicht genommen. Dabei hat z.B. eine junge Frau aus Graudenz einen Knochenbruch im Schulterbereich davongetragen.

Später wurden den Frauen die Kinder abgenommen, in einer Baracke untergebracht und soweit sie dort nicht verhungert sind, eines Tags von der Miliz fortgeschafft an einen für die Mütter unbekannten Ort, meist an polnische Familien zur Polonisierung.

Der Tagesablauf begann mit dem Wecken um 4.00 Uhr morgens und schloß mit dem Ende der Arbeit um 18.00 Uhr. Zu dieser Zeit mußten die auswärts Arbeitenden wieder im Lager sein.

Das Frühstück bestand aus nassem Schwarzbrot, 400 g pro Tag und einer braunen Brühe. Mittags gab es ungesalzene Wasserkohlsuppe. Bauchschmerzen und steter Durchfall waren unausbleiblich.

Nach dem Frühstück war Appell auf dem Hof. Es mußte abgezählt werden, dabei gab es immer Gerangel. Weil die Menschen in der ersten Reihe von den polnischen Offizieren mit der Reitpeitsche über das Gesicht geschlagen wurden, Tag für Tag, wollte niemand vorne stehen.

Viele Häftlinge sind auf dem Marsch außerhalb des Lagers zur oder von der Arbeit oder während der Außenarbeit aus völliger Entkräftung gestürzt und gefallen. Wenn sie nicht mehr aufstehen konnten, wurden sie erschossen.

Das Lager Rudak „war die Hölle. Wie wir unter diesen Umständen überlebten, ist mir heute noch ein Rätsel", schrieb eine Frau aus dem ostpreußischen Elbing resümierend in ihrem Bericht.

DAS LAGER IN ZEMPELBURG (SEPOLNO)

In der Kreisstadt Zempelburg diente die renovierte evangelische Superintendenturkirche mitten auf dem Marktplatz als Internierungslager. In diesem Gotteshaus, in dem die meisten deutschen Einwohner der Stadt getauft, konfirmiert und getraut worden waren, wurden sie unter erbärmlichen Umständen eingesperrt. Auch meine Mutter erlebte die Qualen in dieser Kirche, bevor sie nach Potulice kam.

Ausgehungerte Deutsche wurden kilometerweit von polnischen bewaffneten Reitern mit Wachhunden und unzähligen Posten durch den kalten Schneewinter getrieben und in die Kirche gepfercht, in der sich bereits eine unübersehbare Menschenmenge, etwa 2000 Personen befanden. Morgens und abends durften die Menschen einmal austreten. Das war die einzige Bewegung. Einmal am Tag gab es eine Wassersuppe. Brot wurde nicht ausgegeben. Es blieb nicht aus, daß unter diesen Umständen die Menschen an Ruhr erkrankten. Die Körper wurden immer schwächer und schwollen an. Die Folge war, daß die Kirche verunreinigt wurde.

Ärztliche Behandlung gab es nicht. Läuse breiteten sich aus. Die Nächte wurden zur Qual. Es fehlte der Platz zum Liegen. Allein in der Zeit vom 8.-22. April 1945 starben dort etwa 300 Menschen. Morgens und abends wurden die Toten hinausgetragen.

Eingelieferte Menschen wurden zuvor teilweise. von der polnischen Geheimpolizei folterähnlichen Verhören unterzogen. Die Bewacher holten sich Frauen und Mädchen heraus, um sich an ihnen zu vergehen. Unsagbares Leid wurde den Frauen zugefügt.

Es gab auch Erschießungen von Männern.

Am 17. Februar mußten die Männer antreten und wurden zu Fuß durch den kalten Schneewinter auf den etwa 300 km langen Weg über Bromberg – Kaltwasser – Weichselbrücke –Thorn – Soldau in Marsch gesetzt. In Soldau befand sich das Sammellager für die Transporte in die Sowjetunion. Wer körperlich nicht mithalten konnte, wurde an der Wegstrecke erschlagen oder erschossen. Acht Tage später traf es die Frauen auf gleiche Weise. Von Zempelburg sind mehrere Transporte in die Sowjetunion abgegangen, bis sich der polnische Staat dagegen wehrte, um die deutschen Arbeitskräfte im Lande zu behalten. Die Zurückgebliebenen wurden in Arbeitskommandos von der polnischen Miliz auf die Güter gebracht und sind von dort weiter nach Potulice gebracht worden. Darunter befand sich auch meine Mutter.

Durch das Gotteshaus wollte die polnische Bevölkerung nicht mehr an die Leiden der Deutschen erinnert werden, es wurde abgerissen. (Bericht meiner Mutter).

DAS LAGER IN GRAUDENZ

Die alte, auf dem rechten Weichselufer gelegene Stadt, die vom Deutschen Orden begründet worden war, ging auch als Festungsstadt in die Geschichte ein. Friedrich der Große baute den von breiten Tälern umschlossenen Ort zu einer starken Festung aus, die sich während des napoleonischen Krieges unter ihrem berühmten Befehlshaber Courbière behauptete und fortan dessen Namen trug. Diese Festung wurde auch am Ende des zweiten Weltkriegs verteidigt. Als der Kampf aussichtslos wurde, kapitulierten ihre Verteidiger.

Sogleich danach hatte der NKWD am 6.3. 1945 auf dem Festungsgelände und großräumig in der Stadt ein riesiges „Sammellager" errichtet. Derartige Lager waren für die arbeitsfähigen deutschen Männer und Frauen bestimmt, die aus „Reparationsgründen" oder als „Vertragsumsiedler" zur Zwangsarbeit schubweise in die Sowjetunion in dortige Lager verbracht werden sollten.

In Graudenz befand sich das größte dieser Lager. In Polen wurden nach dem Krieg über dieses Lager keine Ermittlungen angestellt. Es gibt auch kein Archivmaterial. Dieses dürfte sich in Rußland befinden und noch nicht offengelegt worden sein. Dennoch läßt sich aus vielfachen Schilderungen von Zeitzeugen ein einigermaßen vorstellbares Bild gewinnen.

Immer wieder trafen Kolonnen von Hunderten zusammengetriebener deutscher Männer und Frauen in vereinzelten Bahntransporten, aber vorwiegend im Fußmarsch vor den Toren des Zuchthauses und der Festung ein. Für die

Bewachung der Märsche bedienten sich die Sowjets junger bewaffneter Polen, die mit den gequälten Menschen rüde und brutal umgingen. Die in Graudenz zurückgebliebenen Deutschen wurden zum Verhör ins Zuchthaus geholt und kehrten nicht mehr zurück.

Die Stadt wurde Zielort unzähliger ziviler Gefangener. Es waren dies aus den Westpolnischen Nachbarkreisen, dem Kulmer Land und dem nördlichen Westpolen stammende Volksdeutsche. Täglich überschritten ankommende Fuß-truppen verschleppter Deutscher die für Fußgänger not-dürftig hergestellte zerstörte Weichselbrücke. Den Ge-fangenen wurde Exekution angedroht, falls jemand durch einen Sprung in den Fluß zu fliehen versuchen würde. Die Gefangenen mußten sich gegenseitig unterhaken und dafür sorgen, dass niemand einen Fluchtversuch unternimmt und ins Wasser springt. Aber immer wieder versuchten junge Deutsche dennoch schwimmend in die Freiheit zu gelan-gen, ein Unterfangen, dem die Kugeln der Bewacher ein tödliches Ende bereiteten.

Wer die strapaziösen und quälenden Fußmärsche auf den meist 100-150 km langen Strecken nicht mithalten konnte, blieb erschlagen und erschossen im Straßengraben liegen. Tagelang unterwegs, trafen die Menschen mit durchgelau-fenen Schuhen und wunden Füßen, durchnäßt und hungrig, in Graudenz ein. Besonders die Frauen und die Mädchen befanden sich in hoffnungsloser Verzweiflung. Fast alle hat-ten blutige Füße. Dazu kam die rohe Behandlung durch die begleitenden Russen und der Gedanke an die elternlos zurückgelassenen Kinder, die sie vielleicht nicht mehr wie-dersehen würden, da die Russen schadenfroh riefen: „Nach Sibirien, nach Sibirien". In Graudenz angekommen, wurden die Menschen von den Polen beschimpft, bespuckt und mit Steinen beworfen.

In bitterer Erinnerung vieler Danziger und dort festgehaltener Flüchtlinge ist der „Große Todesmarsch" von Danzig nach Graudenz. Es war wohl der erste, jedenfalls der größte Verschleppungszug deutscher Zivilpersonen von Danzig in jenes Sammellager. Nach herzzerreißenden Abschiedsszenen teilten die Bewacher die Frauen und Männer in Kolonnen ein und dann setzte sich eine stark bewachte Marschgruppe, bei der es sich um achttausend Menschen gehandelt haben soll, zu Fuß in Bewegung. Wem während des Marsches die Kräfte versagten, wurde erschlagen oder erschossen.

Manche Männer, die der Durst höllisch quälte, ließen sich in der Nähe von Pfützen nieder, um zu trinken. Die Wachposten schossen sofort.

Unter dem Eindruck der Ungewißheit ihres Schicksals und der ermattenden Kräfte angesichts der Anstrengungen erhängten sich viele Männer an ihren Hosenträgern. Und in Graudenz fand das Schicksal dieser Menschen eine düstere Fortsetzung.

„Es war furchtbar, überall lagen Kranke und Sterbende herum. Kein Mensch kümmerte sich um sie. Ich selbst kam mit noch 14 anderen Frauen in eine kleine dunkle Zelle im Keller. Wir setzten uns auf den kalten feuchten Zementfußboden und im Flüsterton wurde nach Namen und woher gefragt. Eine Sterbende hatten wir in unserer Zelle und eine Frau, deren Arm durch Schläge gebrochen war", so eine Zeugin.

Täglich zogen neue Kolonnen durch das Tor und in langen Reihen wieder durch die zerstörte Stadt zum Bahnhof hinaus. Dort wurden sie zu je 40-50 Personen in Viehwaggons verladen und nach Russland abtransportiert. Diese bis zu vier Wochen dauernde Fahrten hat ein hoher Prozentsatz der verladenen Menschen nicht überlebt. Sie sind unterwegs verhungert, verdurstet, erfroren oder an Ruhr verstorben.

Der Tod hielt auch im Lager reiche Ernte. Ganz hinten links neben dem Lagerhaus gab es einen Freiplatz. Hier war ein riesiges Massengrab ausgehoben, der „Lagerfriedhof". Als dieses große Grab gefüllt war, wurden die Verstorbenen allmählich außerhalb des Lagers durch ein Beerdigungskommando mit Fuhrwerken in Panzergräben verscharrt.

Die massenweise anfallenden Typhuskranken wurden in das Typhus-Barackenlager am Graudenzer Stadtrand ausgelagert. Die Leichen wurden dann außerhalb des Lagers auf bis zu zehn Meter hohen Pyramiden geschichtet und verbrannt.

(Aussagen durch Zeitzeugen).

DAS LAGER POTULICE

POTULICE

1941 „Sammellager Potulitz" des SS-Sicherheitsdienstes. Inbetriebnahme für polnische Vertriebene aus Westpolen, die in das „Generalgouvernement" abgeschoben wurden und für Mitglieder des polnischen Widerstands.
1942 Arbeitslager (ab Sommer) und Unterstellung unter das KZ Stutthof (25.9.)
1945 Auflösung des SS-Lagers. Leitung und Bewachung setzten sich bei Annäherung der Roten Armee ab (20. Januar).
Inbetriebnahme des von der SS aufgegebenen Lagers Potulitz durch die „Volksbehörde" (wtadza ludowa), durch einen sowjetischen Truppenteil und die polnische Miliz als Internierungs- und Arbeitslager.
1946 Übernahme durch die polnische Miliz und den polnischen Geheimdienst UB. Nacheinander Auflösung der noch bestehenden vielen Nebenlager im Großraum Bromberg und Überführung der noch lebenden Internierten nach Potulice.
1949 Durchlauf in Potulice seit 1945: 37 000 Personen. „Zentrales Entlassungslager". Entlassung und Abtransport der inhaftierten Deutschen nach Deutschland. Meine Mutter und ich kamen im Juni 1949 in die sowjetisch besetzte Zone nach Thüringen.
1949/1950 Auflösung des Zentralen Arbeitslagers (ab Ende Dezember).

Einer der furchtbarsten Orte für Deutsche in Westpolen war ab 1945 das Konzentrationslager Potulice bei Bromberg.

1941 wurde es vom Sicherheitsdienst der SS als Vernichtungslager für Polen angelegt, im Januar 1945 kamen die ersten deutschen Zivilisten nach Potulice, das nun von der polnischen Miliz und dem polnischen Geheimdienst UB als Konzentrationslager für Deutsche weitergeführt wurde.

Im kommunistischen Polen wurde die Existenz von Potulice als Konzentrationslager für Deutsche lange geleugnet. Auch die polnische Geschichte hat ihre verdrängten Seiten.

Meine Eltern waren Bauern gewesen. Die Arbeit von Bauern wird von der Jahreszeit bestimmt. Sie beginnt bei Tagesanbruch und endet mit Einbruch der Dunkelheit. Zeit für Gespräche, für politische Diskussionen gab es nicht. Das Vieh, die Felder warteten.

Meine Eltern waren fromm. Für sie galt Gottes Wort, nicht das der brüllenden und schreienden Nationalsozialisten im fernen Berlin. Wo es ging, halfen und unterstützen sie polnische Mitbürger nach dem Einmarsch der Wehrmacht in Polen.

Mein Vater, meine Mutter und ich waren im Lager Potulice. Meine Mutter und ich konnten am 17. Juni 1949 das Lager verlassen.

DAS LAGER

In den Lagern in Polen wurden nach dem Abzug der deutschen Truppen nur die Rollen getauscht: Die Konzentrationslager selbst wurden nicht aufgehoben, sondern von der polnischen Miliz übernommen und weitergeführt.

Bei der Ankunft im Lager Potulice wurde man registriert.

Die alten Menschen kamen sofort in eine gesonderte Baracke, wo sie so wenig zu essen bekamen, daß sie nach wenigen Tagen entkräftet waren und elend zugrunde gingen.

Als ich ins Lager kam, war ich dreizehn Jahre alt. Ich war von meiner Familie getrennt worden. Meine Mutter war in Zempelburg inhaftiert und kam erst später nach Potulice. Daß auch mein Vater im Lager war, wusste ich nicht und habe es erst später erfahren. Ich kam in eine Baracke, wo schon viele andere Kinder waren. Wir mussten unsere Kleider abgeben und bekamen dafür einen Stofffetzen mit einem großen aufgenähten „W" (für Wiezien, „Strafgefangener"). Die Haare wurden uns abrasiert.

DIE VERWALTUNG

Der Lagerstab bestand aus dem Leiter (naczelnik), seinen zwei Vertretern, von denen einer für die Bewachung und der andere für die politische Erziehung zuständig war und folgenden nachgeordneten Abteilungen: Verwaltung, Sicherheit und Schutz, politische Erziehung, Wirtschaft, Arbeitseinsatz der Gefangenen und einer Sonderabteilung. Im Lagerstab waren etwa 50 Personen tätig.

Dem Leiter oblag die Gesamtverantwortung. Er hatte die Disziplinargewalt (d.h. das Recht der Bestrafung) sowohl gegenüber den Gefangenen als auch gegenüber den Untergebenen, er sorgte für die Durchführung der Verordnungen und Erlasse, und er trug die Verantwortung für den Arbeitseinsatz. Darüber musste er regelmäßig Rechenschaftsberichte vorlegen. Ernannt und abberufen wurde der Lagerleiter durch den Direktor des Departements.

Mit der Abteilung Verwaltung kamen die Gefangenen als erste in Berührung. Hier erfolgten die Personalerfassung, die Karteiführung, die Überwachung des Arbeitseinsatzes und die Entlassung.

Aufgabe der Abteilung Sicherheit und Schutz war die Aufrechterhaltung der inneren Sicherheit sowie die Sicherstellung der Wachmannschaften und der Bewachung der außerhalb des Lagers arbeitenden Gefangenen.

Die Wirtschaftsverwaltung war zuständig für die Versorgung.

Die Arbeitsabteilung organisierte den Arbeitseinsatz der Gefangenen. Ihr unterstanden auch die Werkstätten, das landwirtschaftliche Lagergut und andere wirtschaftliche Einrichtungen.

Die Sonderabteilung von Offizieren des Sonderdienstes (Dizial Spezialny), kurz „Spec" genannt, befaßte sich mit Kontrollen der inneren Sicherheit, den gefürchteten Verhören, Fahndungen bei Fluchtfällen und dergleichen mehr.

Der erste Lagerführer war der Leutnant E. Wasilewski (bis November 1945), sein kurzfristiger Nachfolger wurde T. Wyczechowski. In kurzem Wechsel folgten Leutnant Witold Chudecki, sodann St. Nowak, ab Sommer 1946 Oberleutnant Marian Kwintek-Kwiecinski, anschließend Hauptmann J. Gaska (bis Februar 1948), Major Zrazil (bis Februar 1949) und bis 1950 Hauptmann J. Mardal, Fähnrich O. Rozenberg und als letzter Oberleutnant O. Rozewski.

Aus den Peronalakten der Gefangenen ließen sich lückenlos die Namen der Angehörigen der Sonderabteilung („Spec") feststellen. Es waren dies: Leutnant M. Saprowicz, Fähnrich E. Szczupak, Fähnrich W. Steczek, H. Krupa, T. Gaipka und Fähnrich E. Tomczak. Ebenso waren in diesen Akten folgende Namen der Lagerärzte zu finden: J. Grus (1945), Ignacy Cedrowski (1946-1948), Z. Twardowski, F. Swantori, S. Jasionowski, Cz. Laskowski. Genannt wird auch der Name der Oberschwester M. Czaikowna (1946-49). Der erste Lagerarzt war der internierte Dr. Felix Siegert.

In den Berichten der einstigen Internierten wird von den polnischen Ärzten lediglich immer wieder Ignazey Cedrowski genannt. Er war der „Chefarzt", war ein russischer Jude und von allen am meisten gefürchtet. Dr. Cedrowski war von der SS als Jude nach Auschwitz verschleppt worden, dort waren seine Frau und seine Kinder von den Deutschen ermordet worden. Das übermenschlich ungeheure Leid, das Cedrowski erleben musste, hatte ihn so schwer traumatisiert, dass jedes Mitgefühl mit anderen in ihm erloschen war. Er haßte die Deutschen und jeder Deutsche, den Dr. Cedrowski in seine Gewalt bekam, sollte für die Verbrechen der SS und Hitlerdeutschlands büßen.

Das Pflegepersonal bestand aus inhaftierten deutschen Schwestern und Hilfspflegerinnen. Übereinstimmend werden die deutschen Schwestern von jedem Überlebenden lobend hervorgehoben. Sie haben, zumal wenn sie Barackenälteste waren, im Rahmen ihrer geringen Möglichkeiten, die sie ausschöpften, segensreich gewirkt z.B. in der Quarantäne- und Frauenabteilung, in der Entbindungs-, Säuglings- und der Kinderbaracke, in der Krankenbaracke und der Baracke für alte und arbeitsunfähige Personen. Zu ihnen zählt die Caritas-Schwester Martha Stopierzinski aus Bromberg, die in vielen anderen Lagern war und mir davon erzählen konnte und über die ich vom Schicksal meines Vaters erfahren habe.

Fast das ganze Lagerpersonal war schikanös und gewalttätig. Besonders zwei Männer waren neben dem Lagerleiter für ihre Gewalttaten berüchtigt, das waren Isidor Kujawski und der Platzkommandant Dopierala. Beide waren besonders aufs Schlagen spezialisiert. Wer in die Strafkolonne unter der Leitung von Isidor Kujawski kam, hatte so gut wie keine Überlebenschance. Vierzehn Tage bei Kujawski bedeuteten den sicheren Tod. Überwiegend die älteren Frauen wurden Kujawski zugeteilt. Regelmäßig wurde ihnen Arbeitsverweigerung vorgeworfen. Kujawski empfing sie mit Schlägen auf das Gesäß. Danach teilte er sie für die verschiedenen Arbeiten ein. Die Frauen wurden von Kujawski an ihre Arbeitsplätze getrieben, meist ging es zum Torfstechen, wo er sie nicht nur Schwerarbeit leisten ließ, sondern auch seine Späße mit ihnen trieb. Es bereitete ihm Vergnügen, Frauen zu zwingen, sich singend und tanzend die Köpfe mit Kuhmist zu bestreichen und rohe Frösche zu essen oder mit den anwesenden anderen Häftlingen Geschlechtsverkehr auszuüben.

Die Aufsichtsführenden ließen nie einen Zweifel daran, dass sie uns als Deutsche hassten. Lagerleiter Chudecki erklärte am 31. März 1946 vor Neuankömmlingen: „Vergeßt es nicht, daß Ihr Verbrecher seid und entsprechend behandelt werdet." Der Milizfunktionär Czajka sagte uns immer: „Für jeden Polen, den Euer Führer umbringen ließ, bringen wir zehn von Euch um!"

DAS VEGETIEREN HINTER STACHELDRAHT

WILLKÜR UND SCHIKANEN

Sehr bedrückend für die Internierten war der ungeheure Haß, mit dem die Miliz, die Arbeitgeber auf den Außenarbeitsstellen und die Menschen auf der Straße ihnen während der ganzen Zeit ihrer Gefangenschaft fast ausnahmslos begegneten. Die Behandlung im Lager war roh und brutal. Die internierten Menschen waren schutzlos der Willkür, den Schikanen und den sadistischen Quälereien der Milizangehörigen ausgesetzt. Gefährlich waren die brutalen Gewaltmaßnahmen, die oft zum Tode führten.

Nachdem Hitlerdeutschland den Krieg verloren hatte, sollten die in Westpolen beheimateten Deutschen, die die polnische Staatsangehörigkeit besaßen, als „feindliche Elemente und Verräter an der Nation" aus der Gemeinschaft der Staatsbürger Polens ausgeschieden werden und als Deutsche in der Öffentlichkeit sogleich sichtbar sein.

Nach der Festnahme durch die Polen bekamen sie daher mit Farbe ein großes Hakenkreuz auf die Brust und den Rücken der Bekleidung aufgemalt. Mit welcher Genugtuung sie uns brandmarkten, werde ich wohl nie vergessen. Da dies im Lager mit Leuchtfarbe geschah, schienen nachts im Dunkeln der Baracke die großen leuchtenden Hakenkreuze gespenstisch.

Die Erniedrigung der Deutschen drückte sich nicht nur in den Prügeleien, Plünderungen, in Totschlag und Vergewaltigung aus, sondern auch in dem Verlangen, daß die Gefangenen sich mit „deutsches Schwein" zu melden hatten und sie ausschließlich mit „Du Hitler-Schwein" („Ty Hitlerowsko swinio") oder „Du Hitler-Hure" angeredet wurden.

Antreten zum Appell mussten wir bei jedem Wetter, was für die Häftlinge wegen der unzulänglichen Kleidung und Schuhe oft sehr leidvoll war. Die Miliz erschien bei Regen, Kälte und Schnee mit Pelerinen. Das lange Stillstehen beim Appell, besonders bei scharfer Kälte, ging oftmals über die Kräfte der Alten und Frauen.

Die Baracken wurden grundsätzlich nicht beheizt. Die Fenster mußten tagsüber offenstehen.

Religiöse Betätigung war im Lager verboten, das galt für Gottesdienste ebenso wie für das Singen kirchlicher Lieder.

Die inhaftierten Geistlichen sowie die Diakonissen und Ordensschwestern mußten, wenn sie in manchen Baracken sonntags heimlich trotzdem eine Andachtsstunde abhielten und Gebete und Liedtexte sprachen, ständig damit rechnen, ertappt und streng bestraft zu werden. Lediglich in den Alten- und Krankenbaracken durften Diakonissen und Caritasschwestern mit Sterbenden letzte Gebete sprechen oder in der Entbindungsbaracke auch Nottaufen vollziehen.

Auf dem Lagergelände gab es keine Kapelle oder Kirche. Ordensbrüder, „Christusowce" genannt, hielten manchmal in einem größeren Raum des Lagers oder in einer leeren Baracke sonntags Gottesdienste ab. Da die Internierten auch sonntags arbeiten und um 8.00 Uhr antreten mußten, begann der katholische Gottesdienst – in polnischer Sprache übrigens – bereits um 6.00 Uhr. Schon der Raum ernüchterte und ließ eine andächtige Stimmung nur schwerlich aufkommen. Dennoch gingen die Menschen vertrauensvoll zu diesen Andachten, bei denen auch die Heilige Kommunion ausgeteilt wurde, da sie hofften, dabei etwas Beruhigung ihres sorgenvollen Herzens zu finden. Meist wurden sie aber enttäuscht und mitten aus der heiligen Handlung zur sonntäglichen Lagerarbeit herausgerissen.

Einmal wurde zu Weihnachten auf dem Appellplatz ein Tannenbaum mit bunten Glühlampen aufgestellt, die abends im Licht erstrahlten. Die Gefangenen waren in Gedanken bei ihren Angehörigen, als sie auf den Platz gerufen wurden, sich um den Baum versammeln und polnische Weihnachtslieder singen sollten. Es war ein gequälter Gesang. Als jemand „Stille Nacht, heilige Nacht" anstimmte, wurde der Gesang abgebrochen und die Menschen in die Baracken zurückgeschickt.

An Sommerabenden wurden gelegentlich Gesangsübungen angeordnet, die meist in Schikanen gegen diejenigen ausarteten, die der polnischen Sprache nicht mächtig waren.

Diese alltägliche Hölle, die immer weiterging und deren Ende unabsehbar war, hat viele Menschen in den Wahnsinn getrieben und zermürbt. Besonders betroffen waren die älteren Menschen. Die ständigen Schikanen und Mißhandlungen und die Hoffnungslosigkeit trieben viele in den Selbstmord. Bei manchen hat sich der Geist verwirrt, für andere endete die Gefangenschaft im Massengrab.

Spätere Instruktionen verboten das Schikanieren und Schlagen der Häftlinge. Diese Bestimmung wurde im Lager in der Praxis nicht befolgt und dafür eben dann geschlagen, wenn keine Zeugen zugegen waren.

Im Laufe der Zeit durften die Internierten auch Besuch empfangen, einmal im Monat zu einem fünfzehnminütigen Gespräch. Oftmals mußten die kilometerweit mit der Bahn angereisten Besucher, die den letzten Weg zu Fuß zurückgelegt hatten, entweder stundenlang vor dem Tor warten, bevor sie vorgelassen wurden, oder es kam auch vor, daß sie gar nicht vorgelassen wurden, weil kein Aufsichtspersonal vorhanden war. Das Gespräch wurde, wenn es zustande kam, hinter einem feinen Drahtnetz geführt, so daß man sich nicht einmal die Hand reichen konnte. Da ungefähr zwanzig Personen gleichzeitig nebeneinander saßen und sprachen, war die Verständigung nicht immer leicht. Vor 1945 durften die polnischen Internierten hingegen im Lager ihre Gäste in der Baracke empfangen und sie waren auch nach Familienzusammengehörigkeit in den Baracken untergebracht.

Seit Sommer 1946 durften die Gefangenen Briefe schreiben und empfangen, hatten dazu jedoch kaum die Möglichkeit, weil sie weder über Briefpapier, noch über Schreibwerkzeug und Portogeld verfügten.

Gegen Ende des Bestehens des Lagers, 1949, mit der verstärkten Ausreise nach Deutschland, besserte sich die Behandlung und Verpflegung. Dennoch erlebten noch Internierte, die erst 1949 ins Lager kamen, die mit Wasser gefüllten Bunker, in der die Unglücklichen drei bis sieben Tage lang im kniehohen Wasser stehen mußten. Auch Prügelstrafen erlebten sie noch. Aber die berüchtigten Kommandanten waren abgelöst worden und die ständigen Rundgänge der Miliz durch die Baracken entfielen allmählich. Das Essen wurde besser, mehrfache Inspektionen des Lagers hatten 1948 und 1949 eine allmähliche allgemeine Verbesserung zur Folge gehabt. Auch daß inzwischen in der Öffentlichkeit im Westen die Zustände in den polnischen Lagern bekannt geworden waren, hatte wahrscheinlich eine, wenn auch mäßige, Wirkung nicht verfehlt.

Trotzdem hatten es viele Lagerinsassen nur den Lebensmittelpaketen ihrer Angehörigen zu verdanken, daß sie die

Lagerjahre am Ende ohne schwere gesundheitliche Schäden überstanden oder überhaupt am Leben geblieben waren. Ich hatte das Glück, immer wieder an polnische Bauern zur Feldarbeit ausgeliehen worden zu sein und habe dort heimlich Nahrungsmittel zu mir genommen.

NICHTS ALS SCHLÄGE

Es war alltäglich, daß die Häftlinge, egal ob Männer, Frauen, Kinder, jung oder alt, kräftig oder schwach, grundlos oder aus vorgeschobenen Gründen geschlagen, in Einzelfällen auch erschlagen oder erwürgt wurden. Die Bewacher nahmen sich sehr wichtig, sie brüllten gern und jagten uns Angst ein. Wenn es ihnen einfiel, stießen sie mit ihren Stiefeln zu oder schlugen auf uns ein. Waren mehrere Bewacher dabei, kam Konkurrenz ins Spiel: Dann wollten sie sich gegenseitig beweisen, welch gute Patrioten sie waren und wie sie mit den verhassten Deutschen umzugehen wußten.

Wenn man aber mit nur einem Milizianten allein bei der Arbeit war, was gelegentlich vorkam, begann er meistens ein Gespräch, zeigte auch Mitgefühl und beteuerte, daß er für all dies keine Schuld trage und auch lieber zu Hause wäre. Einige Male bekam ich dann sogar ein Stück belegtes Brot. Brach ein Häftling aber in der Gruppe bei der Arbeit zusammen, wurde er von den Posten so heftig geschlagen und mit den Stiefeln gestoßen, daß mancher dann nicht mehr aufstehen konnte und zu Tode kam.

Als Schlaginstrumente dienten Gewehrkolben, Holzknüppel, Schemelbeine, Gummiknüppel, durch Schlauchstücke gezogene Ketten, Reitpeitschen, Ochsenziemer und

„neunschwänzige Katzen" (Lederknüppel mit Lederstreifen, an deren Ende Bleikugeln eingenäht sind).

Geschlagen wurde viel. Selbst noch nach der Entlassung 1949 auf dem Marsch nach Nakel zum Bahnhof schlugen die uns begleitenden Wachmänner noch mit Schlagstöcken auf uns ein und verursachten fingerdicke Striemen, auch im Gesicht.

Ganz besonders schlimm war die Gewalt im Lager immer am 3. September, dem Jahrestag des „Bromberger Blutsonntags" (3. September 1939). Die Menschen wurden aus den Baracken herausgetrieben, gejagt und geschlagen. Einmal kam ich ahnungslos von der Arbeit. Der polnische Milizmann kam wutschäumend auf die Zurückkehrenden zu und schlug mit einem Riemen auf mich und die anderen ein. Es kam auch vor, daß von den Jungen verlangt wurde, die alten Mütter zu schlagen. Ich habe gesehen, wie ein Mann unter wüsten Drohungen gezwungen wurde, seine eigene Mutter zu schlagen. Als er sich weigerte, redete die Mutter ihm zu: „Tu es richtig, Junge, mir wird es nicht wehtun". Gefangene wurden häufig gezwungen, Mithäftlinge zu prügeln.

„Wir arbeiteten in der fliegenden Kolonne und lebten in ständiger Angst vor den wechselnden Posten. Bei manchen von denen genügte der bloße Anblick, um uns in Angst und Schrecken zu versetzen. Zu dieser Kategorie gehörten die beiden polnischen Lagerkommandanten, sie machten uns das Leben zur Hölle.

Schlimm ist es denen ergangen, die der polnischen Sprache nicht mächtig waren. Sie wurden immer wieder zu Prügelknaben gemacht. An manchen Tagen fegte ich mit einer kleinen Gruppe den Platz und wurde dabei Zeuge so mancher unmenschlicher Handlung. Mir krampfte sich das Herz zusammen, wenn die Kommandanten wahllos in die

Menschenmenge hineinprügelten und die alten Menschen über die Köpfe trafen. Ich sah dann immer meine Eltern vor mir, und es war mir unbegreiflich, daß Gott zu allem schwieg". So erinnerte sich eine damals Sechzehnjährige.

Die bei der Gartenarbeit eingesetzten Frauen und Männer mußten unter anderem das Gartenland umgraben. Ausruhen durfte man sich nicht, denn hinter uns standen die Posten mit Knüppeln. Ganze Arbeitstage verbrachten wir in halbgebückter, Haltung, immer den Blick auf die Erde gerichtet. Am Abend brannten die Handflächen vom Spaten und den Rücken konnte man kaum geradebiegen. Doch besonders hart betroffen waren die älteren Menschen. Stützen sie sich für Sekunden auf den Spatenstiel, wurden sie gleich in den Schuppen geholt, und die Schreie hallten darauf durch die Gärtnerei.

An einem Sonntag mußten die Gefangenen auf dem Lagerplatz antreten, wo die Miliz mit dicken Knüppeln bereitstand. Ein Offizier stand in der Mitte. Die Gefangenen mußten polnische Lieder singen, was nur wenige konnten. Wer nicht den polnischen Text singen konnte, wurde unbarmherzig geschlagen. Selbst bei Kirchenliedern, welchen der Offizier mit entblößtem Haupt lauschte, wurde furchtbar geschlagen. Danach mußten alle im Spießrutenlauf zu den Baracken. Es war buchstäblich ein Lauf um Leben und Tod, der viele Opfer forderte.

DER CHEFARZT ALS MENSCHENSCHINDER

Der gefürchtete und gehaßte Menschenschinder des Lagers war der von maßlosem Deutschenhaß erfüllte Chefarzt Dr. Cedrowski. Zu Recht nannten ihn viele Lagerinsassen den

„Satan in Menschengestalt" oder den „Henker von Potulitz".

Cedrowski nannte seine Quälereien „gymnastische Erziehungsmaßnahmen". Er „verordnete" den Lagerinsassen langes Ausharren in Hockstellung mit im Nacken verschränkten Armen, Hüpfen über den Lagerhof, stundenlanges Stillstehen, manchmal mit entblößtem Oberkörper, bei starkem Frost und scharfem Ostwind gehörten auch zu den Erziehungsmaßnahmen.

Eine weitere Strafmaßnahme war der gefürchtete „Bunker". Dabei handelte es sich um die unter der Küche gelegenen früheren Abstellräume für Nahrungsmittel, die als eine Reihe von kleinen, dunklen, eiskalten Zellen ausgebaut worden war. Dorthin schickte Dr. Cedrowski Lagerinsassen aus purer Willkür und zusätzliche Schikane. Nie lag ein Grund für eine solche Strafmaßnahme vor. Die Menschen waren so eingeschüchtert, dass sie aufs Wort gehorchten. Im Bunker musste man sich nackt ausziehen, man wurde geschlagen und mit Wasser übergossen. Mitunter musste man tagelang in dem bis zu den Knien reichenden Wasser im Bunker ausharren, wobei Herr Dr. Cedrwoski manchmal noch Chlorkalk hinzuschütten ließ.

Wer überlebte und den Bunker wieder verlassen konnte, war völlig entkräftet und körperlich zu Grunde gerichtet. Nur der Wille zum Überleben konnte den Menschen noch aufrecht halten.

Mit besonderer Vorliebe richteten sich Cedrowskis Quälereien gegen die deutschen Frauen und Mädchen.

Cedrowski machte Tag und Nacht Kontrollgänge und suchte nach Sündern, die er bestrafen konnte. Dabei schlug er die Gefangenen entsetzlich. Vor seiner Visite ging er erst in die Korbflechterei, entnahm dort einen derben Stock und kam damit in die Frauenbaracke und holte nacheinander die Frauen heraus in die Toilette. Dort mußten sie sich nackt ausziehen. Ein Schemel wurde umgekehrt, mit den Stuhlbeinen nach oben, auf den Boden gestellt und die Frauen mußten sich nackt auf ein Stuhlbein hinsetzen mit erhobenen Armen. Wenn dann die Arme vor Ermüdung langsam herabsanken, schlug der dahinterstehende Arzt mit dem Stock zu.

Wenn Cedrowski die Frauenbaracken betrat, so berichten überlebende Frauen übereinstimmend, und er irgendeine Unregelmäßigkeit vorfand, und das war fast immer der Fall, so suchte er sich einige der Frauen aus, um sie zu quälen. Sie mußten sich nackt ausziehen und bei geöffnetem Fenster ohne Rücksicht auf die Außentemperatur in Kniebeuge mit über dem Kopf verschränkten Armen verharren, bis sie umfielen. Oder die Frauen mußten, nur dürftig bekleidet, stundenlang mit bloßen Knien auf dem kalten Steinfußboden die Korridore entlang rutschen und bis zum Wundscheuern der Knie aufwischen. Diese Praktiken wandte Cedrowski bei den Quarantänehäftlingen an.

Auch auf der sogenannten „Storchenbaracke", wo die werdenden Mütter untergebracht waren, erschien dieser sadistische Unhold. Es bereitete ihm ein besonderes Vergnügen, dort den Frauen mit dem Stock auf die entblößten Brüste zu schlagen, bis sich diese dunkel färbten.

Einmal im Monat fand eine sogenannte „Krätzenschau" als „Nacktenparade" vor dem Chefarzt statt. Für die Frauen war das Defilieren vor dem Chefarzt und den Zuschauern aus den Reihen der Miliz entwürdigend. Bei dieser

Gelegenheit suchte sich Cedrowski willkürlich Frauen heraus, die meistens keine Spur von Krätze aufwiesen, aber äußerlich einfach noch nicht genug von den Drangsalierungen im Lager gezeichnet waren, als Deutsche noch zu gut aussahen, um sie unter fadenscheinigen Vorwänden zum Opfer seiner Schikanen zu machen. Vor Vergewaltigungen waren diese Frauen nie sicher!

Martha Stopierzinski berichtete von einer hübschen jungen Frau, die tüchtig in der Arbeit und stets frohen Mutes war. Sie sollte, wie viele andere, auch „Spitzel" werden. Da sie das ablehnte, wurde sie gequält. Vom Januar 1946 bis zum Sommer 1946 wurden ihr fünfmal die Kopfhaare geschoren, dann mußte sie zur Strafe bei der Arbeit den schweren Wagen ziehen, wurde draußen im Wald auf Befehl des Chefarztes Cedrowski von den Wachposten so zerschlagen, daß die anderen Frauen sie ins Lager zurücktragen mußten. Dann mußte sie sich dem Chefarzt vorstellen, nackt vor ihm stehen und noch Kniebeugen machen. Sie mußte sich wieder anziehen und sollte sich auf einen Stuhl setzen, aber das war unmöglich, denn das Gesäß und die Oberschenkel waren aufgeplatzt. Cedrowski bot ihr nochmals an, sich durch Spitzeldienste ein leichteres Leben zu ermöglichen. Die Frau blieb stark und lehnte jede Spitzeltätigkeit abermals ab. Cedrowski tobte wie ein wildes Tier, das ganze Spital zitterte und bebte und jeder betete für die arme Frau. Was ordnete Cedrowski für sie an? Die Frau mußte 14 Tage strengen Bunker erleiden, dazu täglich 25 Hiebe mit dem Gummiknüppel.

Andere Frauen mußten im Haushalt von Cedrowski arbeiten und waren dort seinen Nachstellungen und Vergewaltigungen ausgesetzt. Waren sie ungefügig, wurden sie unter dem Vorwand, Zigaretten oder andere Sachen gestohlen zu haben, ins Lager zurückgeschickt, zu Verhören geschleift und bis zu 14 Tage in den Bunker gesperrt.

Aus den zahlreichen Berichten geht hervor, wie sehr die Internierten, besonders die Frauen, unter Cedrowski zu leiden hatten. Seine Erbarmungslosigkeit, die alle in dauernder schrecklicher Angst vor neuen Quälereien hielt, führte zu vielen Krankheiten, Todesfällen und Selbstmorden.

Wenn bei den täglichen Appellen im Lager jemand fehlte, wurde der Löschteich auf dem Gelände abgelassen und manch ein zur Verzweiflung getriebenes Selbstmordopfer geborgen. Viele, sehr viele Mißhandlungen hat der Chefarzt zu verantworten. So hat sich auch ein junges Mädchen im Toilettenraum der Baracke erhängt, weil er ihr keine Ruhe ließ.

Als dieser „Henker von Potulitz" endlich aus Gesundheitsgründen von seinem Posten abberufen wurde, atmeten alle Internierten befreit auf. Und trotzdem war das Leben weiterhin nicht viel erträglicher.

DIE ZWANGSARBEIT

Die arbeitsfähigen oder für arbeitsfähig gehaltenen Menschen wurden erbarmungslos zur Arbeit gezwungen, fast durchweg unter Aufsicht prügelnder Bewacher. An Arbeitskommandos gab es folgende Möglichkeiten: Es gab die Arbeit innerhalb des Lagers: in den Werkstätten, in den Küchen, der Wäscherei, für wenige auch in der Verwaltung. Dann gab es die Arbeit in unmittelbarer Lagernähe: auf dem Bahnhof, dem Lagergut Potulice, in der Gärtnerei, im Walde, beim Torfstechen. Dann die Arbeit außerhalb des Lagers: auf den Gefängnisgütern, vor allem auf den Staatsgütern, auch in Lagern in Warschau beim Wiederaufbau der polnischen Hauptstadt. Es gab die Arbeit in Einzelarbeitsstellen: bei den Bauern der Umgebung oder in privaten Haushalten. Die Vermittlung zu den polnischen Bauern wurde später zugunsten der Vermittlung in die Staatsgüter eingeschränkt.

Die ausgemergelten Menschen wurden überall rücksichtslos zur Arbeit getrieben. Wer das körperlich nicht durchhielt, riskierte sein Leben. Eine Vergütung wurde nicht entrichtet. Den Entleihern von Arbeitskräften aus dem Lager war sogar verboten worden, ihnen ein Taschengeld zu geben.

Ein damals sechszehnjähriges Mädchen erinnert sich an ihre Arbeit auf dem Lagergut: „Im Herbst 1948 mußte ich auf dem Gut Potulice teils bei der Kartoffel-, teils bei der Kohlernte arbeiten. Die Gespanndienste mußten die Gefangenen selbst leisten. Auch Frauen wurden wie Pferde vor die Wagen gespannt und mußten die schwer beladenen Kastenwagen in das Lager ziehen. Und die Bewacher gingen nicht zimperlich mit uns um, schlugen hart zu und manch ein Gefangener kam nicht mehr hoch, wurde auf den Kastenwagen geworfen und bei den vielen Tausenden im Wald verscharrt." (Zeugin Frau Niekrenz).

Ein kleiner Junge von etwa zehn Jahren sagte einmal unter Tränen zu mir: „Ich weiß, daß ich hier sterben muß, aber ich sterbe als Deutscher!"

Ein deutscher Förster aus Posen war völlig verbittert. Seine Frau war zuvor in Majdanek gestorben, sein siebzehnjähriger

84

Sohn wurde bei der Arbeit außerhalb des Lagers erschossen und abends mit dem Lastauto vor das Lagertor gebracht.

Die Verstorbenen wurden auf einem Leichenplatz gesammelt, auf einen Leiterwagen geworfen, von Häftlingen zu den sich lang hinstreckenden Massengräbern gezogen und dort lagenweise gestapelt.

Die arbeitsunfähigen und kranken Männer kamen in die betonierten Kellerräume des Pawiaks, die als Spital genutzt wurden. Die Räume waren feucht und dunkel, teils ohne Licht. Die Patienten mußten sämtliche Kleidung abgeben und bekamen einen Wehrmachtsdrillinganzug, aber keine Unterwäsche. Hier überlebte kaum jemand.

Die in der Sommerhitze schuftenden Häftlinge waren zu Skeletten ausgehungerte und entkräftete Menschen mit qualverzerrten Gesichtern. Vor Schwäche versagte sogar das Sprechen. Einzelne fielen von dem Stangengerüst über der offenen Latrine. Diesen Menschen fiel es schon sehr schwer, über nur eine Treppenstufe zu gehen oder zwei Ziegelsteine zu tragen. Vor Hunger sind täglich Hunderte von Häftlingen gestorben.

DAS SCHICKSAL DER KINDER

Besonders bedrückend und tragisch war das Schicksal der deutschen Kinder.

Die Kinder hatten oft ihre Mutter und die übrigen Angehörigen verloren und waren Waisen. Die Mütter waren tot, weil sie sich auf der Flucht gegen die Vergewaltigungen durch die Soldaten der Roten Armee gewehrt hatten und dafür erschossen wurden oder an den Qualen massenhafter Vergewaltigungen oder sonstiger Mißhandlungen in den Lagern starben.

Mit dem Einrücken der sowjetischen Truppen hatten die brutalen Übergriffe auf die deutsche Bevölkerung begonnen, unter denen die Frauen und Mädchen in besonderer Weise zu leiden hatten. Es wurden förmliche Razzien auf Frauen unternommen, sie wurden auch vor ihren Kindern und in der Öffentlichkeit in vielfacher Weise mißbraucht. Auch Kinder und Greisinnen wurden nicht verschont. Häufig geschah es nach erheblichem Alkoholgenuß. Die Vergewaltigungen waren keine Einzelfälle, sondern es handelte sich dabei um ein Massenvergehen. Abgesehen von den physischen und psychischen Schäden, die die Vergewaltigungen für die ungeheuer große Zahl der betroffenen deutschen Frauen bedeutete, hatten besonders die Brutalität und Schamlosigkeit, mit der sich diese Vorgänge oft ereigneten, zur Verbreitung von Angst und Schrecken in der deutschen Bevölkerung beigetragen.

Auch in den Arbeitslagern, besonders in Potulice, wurden die internierten Frauen vergewaltigt. Viele Frauen gehörten Arbeitskommandos an, die an ihren Arbeitsstätten oder auf dem Weg dorthin oder zurück, vor Nachstellungen nie sicher waren.

Abends und nachts holten sich die Polen die Frauen aus dem Lager. Die Frauen waren im Lager und auf den Außenarbeitsstellen der polnischen Staatsgüter Freiwild.

Hatten die Mütter den Einmarsch der Roten Armee überlebt, entriß man ihnen häufig die Kinder. Die Mütter wurden dann zu Arbeitsstellen verpflichtet, in Lagerhaft gebracht oder von den Sowjets deportiert. Die Väter waren oft gefallen. Und lebten sie, waren sie im Krieg oder in Gefangenschaft.

Die elternlos gewordenen Kinder jeglichen Alters streunten umher, erbettelten sich Kost und Unterkunft, bis sie aufgegriffen, die Geschwister getrennt und ohne Rücksicht auf ihr Alter in polnischen Familien oder auf Bauernhöfen zur Arbeit verpflichtet wurden, wo sie fast durchweg schlecht behandelt und mißhandelt wurden. Teilweise wurden sie auch in Kinderheime eingewiesen.

Die Kinder, die noch bei der Mutter waren, wurden von den verhafteten Müttern in das Lager Potulice oder in die anderen Lager mitgenommen. Von den Grausamkeiten im Lager wurden die Kinder nicht ausgenommen. In den ersten Monaten des Jahres 1945 blieben die Mütter in Potulice noch mit ihren Kindern zusammen. Wegen der Überfüllung des Lagers wurden im Sommer 1945 die Kinder von den Eltern getrennt und in Kinderheime gebracht, ohne daß die Mütter den Aufenthaltsort erfuhren. Später blieben nur noch die Kleinkinder bis eineinhalb Jahren bei ihren Müttern, die anderen wurden ihnen bei der Einlieferung fortgenommen.

Die Kinder bis zu zehn Jahren kamen in gesonderte und abgesperrte Jungen- und Mädchenbaracken. Die älteren Kinder wurden bei den Erwachsenen untergebracht. Bald wurden dann die kleinen Kinder wieder fortgebracht und die älteren, schon ab acht Jahren, zur Arbeit an Bauern gegeben, wo sie, von wenigen Ausnahmen abgesehen, fast durchweg schlecht behandelt wurden.

Die Kinder in Potulice führten ein freudloses Dasein. Bis Mai 1947 durften sie nur mittags etwas draußen sein. Bei jedem Wetter haben sie auf dem mit Stacheldraht umzäunten Platz vor ihrer Baracke marschieren und kräftig singen müssen, natürlich nur polnische Lieder. Die Kleinkinder saßen im staubigen, schmutzigen Sand und spielten mit Steinchen, Papierfetzen oder ähnlichem, Spielsachen hatten sie ja nicht.

Sonntags durften die Kinder und die alten Leute „spazieren" gehen, d.h. sie mußten stundenlang stumpfsinnig im Kreis herumgehen. Abgezehrt und traurig schlichen sie umher. Es war ein schrecklicher Anblick, schilderten frühere Insassen.

War der Chefarzt Dr. Cedrowski im Lager, wagte es kein Kind herauszugehen. Den ganzen Tag hockten sie verängstigt und eingeschüchtert auf den Betten. Auch war es nicht erlaubt, daß Geschwister miteinander sprachen. Von ihren Müttern waren die Kinder streng getrennt. Nur sonntags durften die Mütter ihre Kinder auf ein bis zwei Stunden besuchen. Die eine oder andere Mutter versuchte, durch den Stacheldraht ihrem Kind zusätzlich ein Stück Brot von dem ihren zuzustecken, riskierte aber, wenn es auffiel, mit Bunker bestraft zu werden. Als unverständlich und ungerecht empfanden die Kinder ihr grausames Lagerschicksal. Ich selbst war 1945 dreizehn Jahre alt. Daß auch mein Vater hier interniert war, habe ich erst später erfahren. Wir wurden sehr schikaniert, obwohl meine Eltern keine Nazianhänger waren. Mein Vater ist 1948 in Potulice umgekommen. Meine Mutter und ich haben überlebt.

Oft erlebte man in Potulice herzzerreißende Szenen. Kam ein neuer Transport an, wurden die Mütter mit ihren meist noch kleinen Kindern auf dem Arm in die Baracken gejagt. Mit einem Gummiknüppel schlug der Kommandant rücksichtslos auf die Frauen und Kinder ein. Wie viele Kinder auf dem Arm mag er dabei schon erschlagen haben?

Einmal kam ein dreizehnjähriger Junge ins Lager und erfuhr, daß seine neunjährige Schwester in der Kinderbaracke war. Er ging in die Baracke und es gab nach langer Trennung ein freudiges Wiedersehen. Der Platzkommandant traf die beiden an. Der Junge bekam einen Schlag ins Genick, daß er zu Boden fiel und dann noch solche Fußtritte, daß einem beim Anblick fast das Herz brach.

Von wie vielen Fällen könnte man noch berichten.

Die Kinder verwahrlosten im Lager. Ihre Kleidung war zerrissen und viel zu groß. Später waren sie in Säcke gehüllt, die oben und an den Seiten Löchern für Kopf und Arme hatten. Die Kinder waren verlaust und litten an Ausschlag und Ekzemen. Katastrophal wirkte sich die Internierung auf die Kinder aus. Fast alle Säuglinge starben.

Die älteren Kinder wurden bereits als volle Arbeitskräfte eingesetzt, teils im Lager, teils bei Arbeitsstellen außerhalb des Lagers. Beispielsweise berichtete ein damals etwa elf- bis zwölfjähriger Junge, der schon als volle Arbeitskraft galt und nicht mehr zu den Kindern zählte:"Eine Kinderkolonne, in die ich wegen meiner Schwäche nach der Erkrankung zugeteilt worden war, holte unter Bewachung Weidenruten von den Kanalwiesen zwischen Nakel und Slesin für die Korbflechterei. Und das bei einer Scheibe Brot täglich. Im Winter bei Schnee und Eis und Tauwetter kam man mit nassen Füßen und erschöpft zurück".

Ein schweres Los traf die Kinder fast durchweg auch außerhalb des Lagers, wenn sie für längere Zeit zur Arbeit in die Landwirtschaft gegeben wurden. Die älteren Kinder wurden zu Bauern zu jeder Art von Arbeit, die jüngeren zum Viehhüten verteilt. Sie hatten teilweise eine bessere Verpflegung als im Lager, wurden aber bei den Familien oft

mißhandelt. Wenn die Kinder wieder ins Lager zurückgeschickt wurden, verstanden sie kaum noch Deutsch.

Die Ernährung der Kinder besserte sich in den späteren Jahren dank der Hilfsaktion des Internationalen Roten Kreuzes,
obwohl die Verwahrlosung dadurch nicht aufgehalten werden konnte.

Kinder wurden aber auch ganz von ihren Müttern getrennt
und in Heime verbracht oder an polnische Familien zur
Adoption übergeben.

Die polnische Regierung betrachtete die von den Eltern
getrennten deutschen Kinder als Staatseigentum und war
bestrebt, sie zu polonisieren. Sie veranlaßte den Transport
in Kinderheime in Bromberg, Schubin, Hohensalza, Tuchel,
Konitz, Thorn und verschiedene andere, wo infolge der zeit-
weiligen Überfüllung ein großes Massensterben einsetzte
und viele Kinder verhungerten. Eine Mutter hat von fünf
Kindern nur eines zurückbekommen. „Wie durch ein Wun-
der habe ich erfahren, daß mein Kind in Schwetz in einem
Kinderheim war". Der Verwalter des Gutes, auf dem sie zur
Arbeit eingesetzt war, war verständnisvoll und erlaubte ihr,
ihr Kind zu besuchen. „Was ich dort in dem Kinderheim ge-
sehen habe, war herzzerreißend. Alle Betreuerinnen waren
Nonnen. Sie zeigten mir die Kinder und fragten mich, ob
ich sie kenne, denn keines der Kinder wußte seinen Namen.
Die Heimleitung hatte zwar eine Kartei mit den Namen der
Kinder, aber welches Kind nun Meier, Müller oder Schulze
war, war unbekannt. Deshalb haben wohl viele Eltern ihr
Kind nicht wiedergefunden". (Bericht von Frau Krienke.)

Jeglicher Briefwechsel der Kinder mit ihren Müttern war un-
tersagt, und nur illegal gelang es einer verzweifelten Mutter,
mit ihrem Kind in Verbindung zu bleiben.

Im Jahr 1946 kamen viele Kinder in das Kinderheim nach Schwetz. Als aus Potulice wieder ein Transport dorthin ging, konnte ihn eine Mutter, die im Lager als Schwester arbeitete, begleiten. Als diese dort sich im Auftrag anderer Mütter nach deren Kindern erkundigte, wurde ihr gesagt: „Es sind Tausende von Kindern hierher gekommen, wir konnten sie listenmäßig nicht erfassen. Die meisten Kinder waren noch so klein, daß sie ihren Namen nicht wußten. Sehr viele sind gleich von polnischen Familien abgeholt worden, wir wissen nicht, wo sie sind."

Als eine größere Anzahl von Müttern zum Transport nach Deutschland bestimmt wurde, ließen sie ihre Kinder durch das Rote Kreuz suchen. So ist es vielen gelungen, im Lauf der nächsten Jahre ihre entfremdeten, häufig nur noch polnisch sprechenden Kinder zurückzubekommen. Viele Mütter wurden aber auch ausgewiesen, ohne ihre Kinder jemals wieder zu sehen.

Am 21. Juli 1949 kam die Bromberger Schwester Martha Stopierzinski aus dem Lager Potulice in das Entlassungslager Nakel. Dort wurden ihr 28, gerade aus dem Kinderheim Schwetz eingetroffene, Kinder im Alter von 6-15 Jahren anvertraut, die ebenfalls für den Transport nach Deutschland bestimmt waren. Sie erkannte einen Buben, der vorher in Potulice war, jetzt mit ihr aber polnisch sprach. Darauf angesprochen sagte er in ganz schlechtem Deutsch: „Schwester, ich habe alles verlernt, wir durften kein deutsches Wort sprechen, verstehen tue ich noch, nur nicht sprechen". Auf die Frage, wieso sie für den Transport nach Deutschland ausgewählt worden seien, erzählten die Kinder: Vor einigen Tagen waren drei Herren gekommen und hatten gefragt, wer nach Deutschland wollte und wer noch Verwandte oder Angehörige in Deutschland hatte. Natürlich hätten sich noch mehr Kinder gemeldet, aber sie wären eben ausgesucht worden.

Die meisten Kinder waren Halbwaisen oder Vollwaisen und wußten gar nicht, ob sie Verwandte in Deutschland hatten, aber dennoch wollten sie unbedingt nach Deutschland.

Es gab Fälle, wo eine Kostenvergütung zur Bedingung der Rückgabe gemacht wurde, die von den zwangsweise und unbezahlt arbeitenden Müttern nicht aufgebracht werden konnte. Auch diese mußten dann die Heimat ohne ihre Kinder verlassen, falls sich nicht mitfühlende Polen fanden, die ihnen das Geld gaben.

Wenn man bedenkt, daß elternlose Kleinkinder sich noch nicht artikulieren konnten und in Pflegschaft gegebene Kinder meist polnische Vor- und Zunamen erhielten und alle Kinder in der polnischen Umgebung nicht die deutsche Sprache benutzen durften, ist es nicht schwer, sich vorzustellen, daß viele deutsche Kinder auch gegen ihren Willen keine Chance hatten, repatriiert zu werden.

Die Gesamtzahl der Kinder, die auf diese Weise verschleppt worden war, ist nicht zu ermitteln, sie ist zweifellos beträchtlich. Die Suchanzeigen der Eltern aus Deutschland wurden vom Polnischen Roten Kreuz unterschiedlich bearbeitet, teils mit, teils ohne Erfolg, teils gar nicht. Man kann wohl sagen, daß Tausende von Kindern nicht mehr ausfindig gemacht werden konnten.

Als der schwedische Pastor Birger Forell von dem Schicksal der ohne Kontakt zu ihren leiblichen Eltern bei polnischen Familien oder in Heimen aufwachsenden Kinder und der Waisenkinder erfuhr, gelang es ihm 1948, mit Hilfe des Schwedischen Roten Kreuzes nach zähen Verhandlungen, rund hundert Kinder nach Deutschland zu holen. Die Kinder kamen in Viehwaggons in Hannover an, wurden vom Evangelischen Hilfswerk und vom Deutschen Roten Kreuz übernommen und kamen in die von Forell geschaffene Flüchtlingsheimstätte Espelkamp in Nordrhein-Westfalen. In einem Zeitungsbericht und in einem Fernsehfilm ist diese Aktion als die der „Bromberger Kinder", nämlich der sowohl im Lager Potulice bei Bromberg als auch der im Raum Bromberg zurückgehaltenen Kinder dokumentiert worden.

„Singen mußten wir, immer wieder singen", nachdem sie in Espelkamp eingetroffen waren, erzählte einer der Jungen von damals später und setzte hinzu: „Heute weiß ich, daß das Singen die beste Therapie war, aus unserer Erstarrung herauszufinden". Sein Vater war gefallen, seine Mutter war auf der Flucht umgekommen.

Es waren viele Waisenkinder darunter. Die Kinder kamen verängstigt und verstört in Deutschland an. Es bedurfte einer langen Zeit voller sensibler Einfühlung und geduldiger Fürsorge, bis die Kinder wieder Vertrauen gewannen und Sicherheit empfanden. Zu nachhaltig waren die Schatten der erlebten Unfreiheit und Lieblosigkeit unter fremden Menschen.

Die Leiden der Kinder von Potulice lassen sich nur schwer in Worte fassen. Hunderte sind gestorben, und von den Überlebenden haben manche fünf Jahre im Lager gelebt oder schwere Kinderarbeit bei ihnen mißgünstigen Menschen leisten müssen. Sie haben schwere körperliche und seelische Schäden davongetragen und sind auch in der schulischen Ausbildung völlig zurückgeblieben.

Eine Zeitlang wurde, etwa bis Mitte 1947, den schulpflichtigen Kindern in einer Baracke von einigen internierten deutschen Lehrern, die aus Galizien stammten, ein behelfsmäßiger Unterricht erteilt, aber nur in polnischer Sprache. Die Kinder mußten lernen, polnische Lieder zu singen und polnische Gedichte vorzutragen. Nach dem Abtransport der Lehrer nach Deutschland entfiel auch dieser Unterricht. So wuchsen die Kinder als Analphabeten heran.

1952 waren noch etwa 18000 aus Westpolen beim Kindersuchdienst verzeichnet.

Eine weitere tragische Seite ist die nach übereinstimmenden Berichten sehr hohe Kindersterblichkeit im Lager Potulice. Für Säuglinge und Kleinkinder bestanden im Lager praktisch keine Überlebenschancen. Auch ältere Kinder ertrugen die Lagerzustände nicht. Sehr viele sind verhungert oder Seuchen zum Opfer gefallen. Im mit Frauen und Kindern überfüllten Lager hielt der Tod reiche Ernte.

Diese schmerzliche Feststellung gilt, wie das Bundesarchiv nachweist, für alle polnischen Lager ab 1945.

Als die Transporte aus Potulice nach Deutschland begannen (1949/1950), bekamen die Kinder, die zuvor nur in Lumpen gehüllt waren, Bekleidung. Zuvor war ihnen jedes tragbare gute Bekleidungsstück abgenommen worden.

Die Trennung von Müttern und Kindern war in allen Lagern üblich und traf beide Seiten schmerzlich. Die Kinder wurden den Müttern weggenommen und sie haben bitterlich geweint und gejammert.

Eine Mutter berichtet: ,,Das Lager war überfüllt. So hieß es eines Tages, daß am nächsten Tag die Kinder fort kämen. Da brach eine Panik aus. Keiner wußte, was mit den Kindern geschehen würde, ob man sie je wiedersehen würde.

Die Frauen sollten Zwangsarbeit leisten. Ganz besonders schlimm war für mich der Abschied von dem kleinen Gerhard. Mein Jüngster, gerade erst vier Jahre alt, war so furchtbar krank ...In dieser Nacht des Abschieds war das Lager erfüllt von Weinen und Schreien. Entsetzliche Szenen spielten sich ab, Mütter drehten durch, sprachen von Selbstmord und Kindstötung. Wie viele Mütter in dieser Nacht mit ihren Kindern den Tod gesucht haben, weiß ich nicht. Der Morgen graute. Die Kinder wurden auf dem Antreteplatz des Lagers Potulice zusammengetrieben. Wir Mütter standen hilflos am Rande, sahen zu, wie sie geschlagen wurden, wenn sie zu uns zurückliefen. Ein langer Kindertreck zog davon."

DAS SCHICKSAL DER ALTEN

Im Lager Potulice gab es eine Altersbaracke für Frauen und eine für Männer, sowie ein „Altenheim". Das „Altenheim" war eine Baracke, in der die Arbeitsunfähigen untergebracht waren, Baracke 17, „dom starcòw", in der Greise, Gelähmte und sonstige Bewegungsbehinderte auf Holzpritschen in drei Etagen untergebracht waren und dahinvegetierten. Diese Alten- und Arbeitsunfähigenbaracke wurde im März 1945 eingerichtet.

Auf diese Unterkunft hatte es Inspektor Warminski abgesehen. Am ersten Tag kam er und fragte: „Wieviel Tote?" Auf die Antwort: „Keiner", schlug er mit dem Gummiknüppel fest drein. Am Morgen waren zwei der Alten tot. Sie wurden ins Freie getragen, von den Milizleuten mit den Stiefeln bearbeitet und bespuckt. Am nächsten Abend waren es fünf Tote. Das waren ihm noch zu wenig. Wieder schlug er drein. Auf diese Weise stieg die Zahl der täglichen Todesopfer in dieser Baracke auf 9, 13, 18, 23. Als es hieß: 25 oder 28 Tote, war er zufrieden und ließ von der Baracke ab.

Eines Tages brachte man die alten Menschen mit Leiterwagen aus dem Lager hinaus. Ich sah noch, wie sie Vaters Freund und dessen Frau auf den Wagen hoben. Die Frau klammerte sich hilflos an ihren Mann. Es war ein Anblick, der mich zutiefst erschüttert hat.

Im Januar 1946 kam die Bromberger Schwester Martha Stopierzinsky ins Lager Potulice. Vorher war sie im Lager Kaltwasser gewesen, wo sie von den Gefangenen den Beinamen „Der Engel von Kaltwasser" erhalten hatte. Hier übernahm sie dieses „Altenheim". Von da an erfuhren die hilfsbedürftigen Menschen eine aufopfernde Betreuung und Pflege und Beistand auch in den letzten Stunden. Auch mein Vater war in diesem Altenheim und wurde von der Schwester betreut. Erst durch sie habe ich davon erfahren.

Mit viel Geduld und Behutsamkeit wusch, bettete und fütterte sie bewegungsunfähige Personen. Es waren Gelähmte, Blinde, Altersschwache und Sterbende, darunter auch ein Siebzehnjähriger, der durch Gelenkrheuma vollständig versteift war. Täglich wurden aus den Dörfern alte und gebrechliche Menschen angefahren und eingeliefert. So hatte Schwester Martha stets Zugänge, wenn die deutschen Ärzte eine schriftliche Einweisung verfügten. Konnten die Menschen sich noch selbst bewegen, behielt sich der Chefarzt selbst die Entscheidung vor.

In der Altenbaracke befanden sich für 132 Menschen Bettgestelle. Da sie aber oft mit180 bis sogar 238 Menschen belegt worden ist, mußten die alten Menschen zu zweit auf den Pritschen und auf dem Boden liegen. Die beantragten Strohsäcke verweigerte Cedrowski.

Die alten elenden Menschen vertrugen das Brot schlecht. Schwester Martha hat das nicht verbrauchte Brot an die Jugendlichen im Lager weitergegeben, was grundsätzlich verboten war. Als ihr „Vergehen" aufgedeckt wurde, gab es ein großes Verhör. Sie nutzte eine spätere Gelegenheit, dem Lagerleiter ihre Patienten zu zeigen und Verständnis für ihr Verhalten zu wecken.

Über die Zustände in der Altenbaracke gibt ein Zeugenbericht Aufschluß: „Im Altenheim war ich mit verschiedenen Menschen zusammen, Alten, Gebrechlichen, Jüngeren, die an einer schweren Krankheit litten, Frauen im mittleren Alter, die dort an Unterleibskrebs gestorben sind. Junge Mädchen und Frauen, die geisteskrank geworden waren, waren auch dort. Eine sprang immer zum Fenster hinaus, sie wollte zu ihren Kindern gehen. Ein Mädchen von 22 Jahren sang oft, wobei sie mit dem Kopf wackelte.

Auf all die kranken Leute mußten wir Gesünderen aufpassen und sehen, wie wir mit ihnen fertig wurden. Die erste Zeit dort dachte ich, ich würde das nicht durchhalten und auch nervenkrank werden, aber mit Gottes Hilfe kam ich darüber hinweg."

Viele Alte sind verhungert. Andere sind so elend gewesen, daß man sie des schlechten Eindrucks wegen, den sie machen würden, nicht nach Deutschland abtransportierte, sondern auf ihren Tod warten ließ. Die Sterblichkeit in der Baracke war recht groß. Schwester Martha blieb bis zum Juli 1949 im Lager. Sie hat in dieser Zeit heimlich die Namen der Verstorbenen notiert und später veröffentlicht. (In: Der

Westpreuße 4, 1952 Nr. 4-6). Insgesamt sind allein in dieser Baracke 744 Personen gestorben und zwar im Jahr 1947 221 Personen, 1948 waren es 333 und bis Juli 1949 190 Personen. Erschütternd waren die Verhältnisse in der Alten-baracke. Wer einen Gang durch diese Baracke gemacht hat, wird die Bilder nie vergessen. Die letzten Insassen wurden im Mai 1949 nach Kruschwitz gebracht. Auf halbem Weg bis Nakel gab es 8 Tote. Die anderen fanden in Kruschwitz ein trauriges Ende. Noch bedrückender für die alten Menschen waren die Zustände in den Lagern Hohensalza, Kaltwasser und Schwetz.

DIE TODESBARACKE

Maria Sarovitz verrichtete im Lager Potulice Hilfsdienste. Zu ihren Aufgaben gehörte es, neu eingetroffene Mütter mit Kindern unterzubringen und sie machte einen Rundgang durch die Baracken. Als sie zur Eckbaracke kam, hörte sie von innen Weinen, Wimmern und Schreien. Bestürzt stieß sie die Tür auf. Der Gestank, der ihr entgegenschlug, ließ sie unwillkürlich zurückweichen, doch sie überwand ihren Ekel und trat ein.

In Stroh und Schmutz vergraben, lagen dort etwa vierzig alte Frauen, nur noch Haut und Knochen, nicht mehr men-schenähnlich. Entsetzt starrte Frau Sarovitz diese Gestalten an, die bei ihrem Erscheinen noch lauter wimmerten und schrien. Sie fand keine Worte und wußte nicht, was sie tun konnte.

Leise schloß sie die Tür und entfernte sich.

Am nächsten Tag, nachdem sie die Marken für die Wassersuppe ausgeteilt hatte, wollte sie wieder nach den elenden alten Menschen schauen und zählen, welche Nahrungsportionen in dieser Eckbaracke ausgegeben worden waren.

Sie fand die Tür weit offen und sah, daß der Raum völlig leer war, bis auf einige Lumpen und wertlose Gegenstände, die da und dort herumlagen.

Ein schrecklicher Verdacht stieg bei diesem Anblick in ihr hoch und sie lief kreidebleich und keuchend in die Lagerküche. Die Frauen, die dort am Kessel standen, sahen sie hereinkommen und am Tisch zusammenbrechen. Erschrocken und beunruhigt drängten sie sich um sie, doch sie kam gar nicht dazu, irgend etwas zu erklären, denn die diensthabende Milizsoldatin ahnte, was ihr begegnet war und sagte ungerührt: „Was ist denn nun dabei, wenn man diese alten stinkenden Deutschen verschwinden läßt? Es ist kein Platz da, nichts zum Essen, fort mit dem Zeug!"

Alle diese Menschen waren über Nacht erschossen worden. Einige Tage blieb die Eckbaracke leer. Am Ostermontag 1945 wurden alle Häftlinge aus den Baracken heraus getrieben und mußten sich im Hof aufstellen. Alle Gesunden unter sechzig Jahren durften zurück in die Baracken. Die übrigen wurden von Cedrowski „besichtigt", aber weniger nach medizinischen Gesichtspunkten als mit Schlägen und Schikanen. Maria Sarovitz beobachtete die Szene heimlich vom Küchenfenster aus und sah, daß auch zwei Bekannte unter diesen Menschen waren. Da sie ahnte, welches Ende ihnen bestimmt war, wagte sie sich hinaus und flüsterte ihnen hastig zu: „Melden Sie sich zur Arbeit, sagen Sie nicht, daß Sie krank sind, damit Sie nicht dort in diese Eckbaracke kommen". Doch die beiden Schwestern hörten entweder nicht auf sie, oder es gelang ihnen nicht, als arbeitsfähig eingestuft zu werden, und so kamen sie mit achtundfünfzig Frauen in eine Gruppe, die alsbald in der Baracke verschwand.

Hinter ihnen wurde die Tür mit einem schweren Balken fest verschlossen, und von diesem Augenblick an bekamen sie nichts mehr zu essen. Morgens beim Gang durchs Lager, galt der erste Blick von Maria Sarovitz dem großen Balken, er war verschwunden, die Tür weit offen, der Raum leer. Da wußte sie, was geschehen war, und von nun an konzentrierte sich ihre Aufmerksamkeit auf diese Eckbaracke. Immer mehr Menschen kamen in diese Baracke. Was mit diesen Menschen danach geschah, konnte ihr schließlich heimlich ein Bekannter aus Bromberg zuflüstern, der gelegentlich Holz in die Küche brachte.

Nach Mitternacht wurden die wehrlosen Frauen und Männer aus der Baracke heraus getrieben und in den Wald gleich hinter dem Lager gebracht. Dort waren viele Laufgräben. Die Frauen mußten sich am Rand eines Laufgrabens in einer Reihe aufstellen und entkleiden. An den beiden Enden des Laufgrabens hatten sich die Wachmannschaften, zumeist Angehörige der polnischen Miliz, in Position gebracht. Standen die Frauen dann nackt längs des Laufgrabens, donnerten auf ein Kommando die Salven der Maschinengewehre los, und eine lange Reihe Frauen fiel in den Graben.

Nun war das „Schaufelkommando" an der Reihe, das eigens hergebracht worden war, um die Gräber zuzuschaufeln.

Die Arbeit mußte rasch vonstatten gehen, ohne Rücksicht auf das Wimmern, das noch aus dem einen oder anderen Graben kam. Am nächsten Morgen war jede Spur des nächtlichen Geschehens beseitigt. Früher oder später verschwanden auch die Totengräber, darunter Marias Bekannter aus Bromberg. Sie wußte, wo er war.

Unter diesen Toten ist auch mein Vater, der die Grausam-keiten im Lager Potulice unter Dr. Ignacey Cedrowski nicht überstanden hatte. Auch er kam in die Eckbaracke, die Ba-racke 19, die Todesbaracke. Wir Häftlinge waren in Kom-mandos eingeteilt. Daß mein Vater ebenfalls im Lager war, wußte ich nicht, solange ich in Potulice war. Ich habe es erst Jahre danach von Frau Martha Stopierzynski erfahren, die sich in der Todesbaracke heimlich Notizen machte und diese später dem Roten Kreuz übergab. Sie legte ein Register an, in das sie gewissenhaft ihre Eintragungen machte:

„1947: 557 Aufnahmen, 221 Tote; 1948: 557 Aufnahmen, 336 Tote; Bestand Mitte Juli 1949: 381 Personen, von denen 185 starben." Laut ihrer eidesstattlichen Erklärung ist mein Vater Christian Lelke am 23. 5. 1948 erschossen worden.

Für die Alten und Schwachen war in den Lagern kein Platz und ebenso wenig für die Kinder..

DAS ERBARMUNGSLOSE STERBEN

In das Arbeitslager Potulice wurden auch Alte und Kranke eingewiesen, obwohl man wußte, daß sie die dortigen Le-bensbedingungen nicht überleben werden, ihnen gar nicht gewachsen sein konnten. Man wußte offenbar nicht, wohin mit diesen „lästigen" Menschen. So blieb es nicht aus, daß zu den zahlreichen Toten im Lager vor allem ältere Menschen gehörten, die nicht mehr die körperliche Widerstandskraft besaßen, um die Strapazen und Mißhandlungen und den Hunger zu ertragen.

Es waren aber nicht nur die Alten und Kranken, die hier in großer Zahl starben, es starben auch viele junge Menschen.

Die erbarmungslosen Schläge, die rücksichtslose Ausbeutung der Arbeitskraft und die Zustände im Lager und in den Außenarbeitsstellen haben nicht alle Häftlinge durchgehalten. Durchweg dem Tode preisgegeben waren die Kleinkinder und Säuglinge. In den ersten Monaten des Jahres 1945 war die Sterberate wegen der ungeordneten Verhältnisse im Lager und der Brutalität des selbstherrlichen Lagerpersonals besonders hoch.

Anfangs herrschte Typhus, viele sind daran gestorben. Später erkrankten die Gefangenen an Tuberkulose (Tb). Sie kamen in die Tb-Baracke, wo die Sterberate hundert Prozent betrug. Die teils verweigerte, teils unzulängliche medizinische Versorgung trug wesentlich zu der Todesrate im Lager bei. In den ersten Monaten, vom Februar bis März 1945, sind in jeder Nacht 35 bis 45 Tote zu beklagen gewesen. In dieser Zeit verhungerte noch niemand. Diese Menschen starben an den fürchterlichen Mißhandlungen. 1949 betrug die tägliche Sterberate 8-10 Personen (laut Schwester Martha Stopierzinski).

Wer es nicht selbst erlebt hat, wird es nicht nachvollziehen können, wie die Menschen in Potulice und in den anderen Lagern täglich eine Vielzahl von toten Mithäftlingen vor Augen gehabt haben, den Tod der Angehörigen und Bekannten miterleben und das eigene Leben als Tod auf Raten empfinden mußten. Einen Eindruck davon geben die wenigen Berichte von Überlebenden, die bereits aus der zeitlichen Distanz zur überstandenen Lagerhaft verfaßt worden sind. Eine Frau schildert: „Mein Schwiegervater, 69 Jahre alt, ist an den Folgen der Mißhandlungen am 30. April 1945 verstorben. Er wurde fürchterlich zusammengeschlagen, zur Krankenbaracke geschleift, aber es durfte ihm niemand helfen. Er starb einen qualvollen Tod auf dem Fußboden liegend. Der Todeskampf endete nach 10 Stunden". Eine damals Achtzehnjährige schreibt: „Meine Schwester Grete wurde von einem Bewacher erwürgt, mein Bruder Ernst im Außendienst von Bewachern erschlagen." Eine ihr bekannte Frau starb, berichtet eine damals junge Frau, „infolge der Schläge, die sie auf den Kopf bekam". Ein damals elfjähriger Junge erinnert sich: „Mein Vater hat vor Hunger eine rohe Kartoffel zur Wassersuppe gegessen, bekam nachts starke Leibschmerzen und wurde in die Krankenbaracke gebracht. Am nächsten Morgen lag er vor der Krankenbaracke, üblicher Weise wie alle dort Verstorbenen ... In der Krankenbaracke, in der ich lag, sah ich durch das Fenster wie Anfang März 1945 Schnee in Drahtkörben vom Appellplatz vor das Lagertor getragen werden mußte. Mein Onkel war dabei. Er stolperte und fiel hin, konnte aber nicht schnell genug aufstehen. Daraufhin schlug ein Posten mit dem Karabinerkolben zu. Mein Onkel blieb liegen und starb."

Ich selbst bin Zeuge gewesen, wie ein Miliziant eine alte Frau so lange mit dem Gewehrkolben schlug und mit Fußtritten traktierte, bis sie bewußtlos zu Boden fiel. Sie starb in der darauffolgenden Nacht an den Folgen der Mißhandlung. Diese Frau war mit ihrer aus Pommern stammenden Familie in das Lager Potulice eingewiesen worden.

Auch außerhalb des Lagers auf den Staatsgütern („PGR") sind zur Arbeit eingesetzte Häftlinge im wörtlichen Sinne verhungert, andere wurden erschossen.

Während der Arbeit sind viele Frauen und Männer körperlich zusammengebrochen und auf den Boden gesunken. Diese Menschen wurden erschossen und in die Entwässerungsgräben geworfen.

Auch die Art der Ernährung schwächte den Körper sehr. Zu essen gab es Kohl in Wasser gekocht. Und das verursachte bei uns Durchfall und Ruhr. Bald erkrankten wir auch an Typhus …

Es gab viele Äußerungen von Lagerleitern und Verantwortlichen, die alle ausnahmslos zum Ausdruck bringen, daß es ihnen darauf ankam, daß die in den Lagern befindlichen Deutschen so schnell wie möglich „krepieren" sollten.

Die Lagerumstände wurden auch so unerträglich gehalten, daß in der Hoffnungslosigkeit der Tod die Erlösung von allen Qualen zu sein schien. Übereinstimmend wird berichtet, daß verzweifelte Menschen Selbstmord begingen, durch Erhängen oder durch Ertrinken im Löschteich.

GESUNDHEITLICHE FOLGESCHÄDEN

Die Deutschen in polnischer Haft waren jahrelang unmenschlichen Lebensbedingungen und Behandlungen ausgesetzt, die eine hohe Todesrate und bleibende gesundheitliche Schäden zur Folge hatten. Sie mußten harte Zwangsarbeit leisten, ohne zureichende Ernährung, ohne zweckmäßige Bekleidung, ohne Möglichkeit zur Körperhygiene, ohne medizinische Betreuung sowie ohne zumutbare Unterbringung. Von den seelischen Schäden abgesehen, litten die Menschen durchweg an extremer Unterernährung und an den daraus resultierenden Mangelerscheinungen, sie litten unter den schweren Mißhandlungen, unter den Vergewaltigungen, unter dem Ungeziefer, unter der fehlenden bzw. unzulänglichen Beheizung der Baracken und dadurch bedingt an Erfrierungen.

Die Folgen waren:

- Dystrophie (Mangelerscheinungen des ganzen Organismus und seiner Organe), schwere Erschöpfungen, körperliche Schwächezustände
- Bauch- und Flecktyphus, Paratyphus, Ruhr, Magen- und Darmerkrankungen
- Lungen- und Knochentuberkulose
- Phlegmone, Krätze und andere Hauterkrankungen infolge des Ungeziefers (Wanzen, Läuse, Flöhe) und der hygienischen Bedingungen
- Vergiftungserscheinungen infolge tagelangen Stehens knietief im stark mit Chlorkalk versehenen Wasser (Bunkerhaft)
- Rippenfellentzündungen
- Rheumaerkrankungen, Arbeitsunfähigkeit infolge Versteifung der Glieder durch Gelenkrheuma
- Bakterielle und fermentative Zersetzungsprozesse der Zähne und Zahnfleischerkrankungen infolge einseitiger Ernährung und fehlender Zahnhygiene und Zahnbehandlung
- Geschlechtskrankheiten als Folge der zahlreichen Vergewaltigungen
- Organschäden (Gehör, Herz, Leber, Nieren)
- Oedeme, Wassersucht
- Körperliche Schäden infolge der Mißhandlungen, z.B. Knochenbrüche, Verletzungen des Kopfes, der Augen, Gelenk-, Gehör- und Nierenschäden, Hüftleiden
- Apathie, tiefe Niedergeschlagenheit, psychische Störungen, Suizidgefährdung infolge der körperlichen und seelischen Belastungen, Depressionen

— Kinderkrankheiten bei Erwachsenen: Masern, Scharlach, Kinderlähmung

Es war verboten, einen Schal um den Hals oder eine Kopfbedeckung zu tragen. Die Fenster mußten tagsüber weit offen stehen. Eine Heizung gab es nicht. Jacken oder Mäntel wurden uns nicht gegeben. So war im Winter die eisige Kälte schwer zu ertragen. Die Betten waren Brettergestelle (Holzbetten) ohne Stroh. Wir lagen direkt auf den Brettern. Das Hemd mußte angezogen werden. Mit den anderen Kleidern deckte man sich zu. Decken gab es keine. Die Füße waren Tag und Nacht wie Eisklumpen.

DIE ENTLASSUNG

1949 begannen die Entlassungen und die Transporte nach Deutschland. Im Juli 1949 wurden wir, etwa 800 Personen, in Güterwagen verfrachtet und kamen in das Entlassungslager. Schlechte Ernährung, schwere Arbeit und Schläge gab es ab dort nicht mehr. Der Aufenthalt dauerte etwa 14 Tage. Dann ging ein Transport von über 1200 Frauen, Kindern und Männern nach Deutschland ab.
Hatte man bisher die Deutschen als billige Arbeitskraft rücksichtslos ausgebeutet, erniedrigt, schikaniert und mißhandelt, stieg mit einem Mal ihre Wertschätzung, so daß deren Ausweisung ungern gesehen und versucht wurde, den Fortgang zu verhindern, ihn zumindest zu verzögern. Man bemühte sich, die Deutschen im Land zu behalten. Ihnen wurde gesagt, daß das Leben in Deutschland sehr schlecht und armselig sei und daß sie in Polen bald bessere

Lebensbedingungen verfinden würden. Wer dieser Propaganda keinen Glauben schenkte und darauf beharrte, nach Deutschland zu wollen, dem wurde mitgeteilt, daß vorläufig keine weiteren Transporte geplant seien. Es sei mit einer langen Wartezeit zu rechnen und die nächsten Transporte würden nur noch in die sowjetische Besatzungszone und nicht mehr nach Westdeutschland gehen.

Die Lagerleitung wollte die benötigten Arbeitskräfte zurückhalten, insbesondere das Fachpersonal der Krankenpflege, der Werkstätten und der Verwaltung, auch die Arbeitskräfte auf den Außenstellen. Den auf den Abtransport wartenden Menschen riet man daher, erst einmal von den Angehörigen in Deutschland eine Zuzugsgenehmigung anzufordern, um die Entlassung zu beschleunigen. Wenn diese dann beschafft worden war und von den Betroffenen hoffungsvoll im Lagerbüro vorgelegt wurde, wurde ihnen lapidar erklärt, daß der Schein keinen Stempel der Alliierten vorweise und daher ungültig sei. So dauerte das Warten an, bis doch noch eines Tages die Transportliste aus Warschau kam, auf der der eigene Name verzeichnet war.

Als die Transporte ab Februar 1949 endlich zu rollen begannen, hörten die Schikanen noch nicht auf. Es kam vor, daß man aus bestimmten Gründen vom Transport ausgenommen wurde. Die Familien mußten bei den ersten Transporten vollständig sein. Fehlte noch ein Familienmitglied oder waren nicht alle Karteikarten für sämtliche Familienmitglieder vorhanden, wurde man vom Transport zurückgestellt. Das kam öfter vor, etwa wenn ein Familienmitglied auf Arbeitsstellen außerhalb des Lagers oder das Kind im Heim war und nicht rechtzeitig zurückberufen worden war.

Zunächst wurden nur diejenigen, die eine Anschrift in

der sowjetischen Besatzungszone Deutschlands angeben konnten, und die Reichsdeutschen entlassen. (Als „Reichsdeutsche" bezeichnete man die Bewohner des Deutschen Reichs, wir in Westpolen Geborenen wurde als „Volksdeutsche" bezeichnet.) Ihnen sahen dann die Zurückgebliebenen wehmütig nach. Auch Frauen mit mehreren Kindern wurden bevorzugt entlassen, soweit die Kinder sich im Lager befanden oder die Mütter den Aufenthaltsort ihrer Kinder kannten.

Am 3. April 1949 kam endlich der ersehnte Umschwung. Wir wurden versammelt und der Barackenälteste verkündigte, daß jetzt auch die Volksdeutschen ausreisen dürften, wenn die Familien vollständig waren, sie in die russisch besetzte Zone übersiedeln wollten und sie auf alle Besitzrechte verzichteten.

Die zur Entlassung vorgesehenen Personen wurden nochmals einem Verhör unterzogen. Darauf folgte eine Leibesvisitation. Wahrscheinlich wollte man verhindern, daß mögliche Aufzeichnungen mitgenommen wurden. In Einzelfällen gelang dies trotzdem. Danach mußte jeder ein Duschbad nehmen und wurde gegen Läuse eingepudert. Dann wurden die gesamten Personalien festgestellt und die Betroffenen kamen in die sogenannte Transportbaracke. Dort war der Kontakt zum Lager unterbunden, man war kein Häftling war. Die persönlichen Dinge, die bei der Einlieferung eingezogen und in Verwahrung genommen worden waren, wurden uns gegen Quittierung des ordnungsmäßigen Empfangs wieder ausgehändigt. Obwohl der größte Teil fehlte – gute Kleidung, Schuhe, Stiefel und Wertsachen – mußte die vollständige Rückgabe bestätigt und angegeben werden, daß keine Forderungen gegen das Lager bestehen würden. Man riet uns, unter Hinweis auf eine mögliche Rückstellung vom Transport, auf die Herausgabe der fehlenden Wertsachen zu verzichten. Aufgrund dieser Drohung verzichteten die Betroffenen auf die wenigen, nach Plünderungen und Beraubungen noch verbliebenen Wertsachen, an denen sich das Lagerpersonal persönlich bereicherte.

In der Nacht vor dem Transport kamen Milizangehörige in unsere Unterkunft und verlangten die „freiwillige" Herausgabe der wenigen uns noch verbliebenen persönlichen Dinge. Sie verwiesen auf eine mögliche Nachuntersuchung. Würde man bei uns noch diese Dinge finden, so würde man uns vom Transport ausschließen. Aus Angst, noch in letzter Sekunde vom Weg in die Freiheit ausgeschlossen zu werden, gab jeder her, was er noch besaß: den Ehering, eine Uhr oder was ihm sonst noch ausgehändigt worden war.

Die Ausplünderung der Internierten schien aber den Polen noch nicht gründlich genug vorgenommen worden zu sein, denn die Transporte wurden entweder gleich in Nakel auf der Bahnstation oder vor dem Überschreiten der polnischen Grenze in Richtung sowjetisch besetzte Zone noch einmal von den Zollbeamten der Volksrepublik Polen gründlich untersucht.

Der erste Transport in Richtung sowjetische Besatzungszone Deutschlands verließ das Lager am 7. Februar 1949. Alle Transporte wurden über Schlesien geleitet, wahrscheinlich wegen der zerstörten Oderbrücken. Der erste Transport nach Westdeutschland erging am 14. April 1949. Der am 3. Juni 1949 abgefertigte Transport soll der zwölfte gewesen sein. Im August 1949 verließ der siebzehnte Transport Potulice.

Viele Mütter wurden ohne ihre Kinder abtransportiert, weil

diese entweder nicht rechtzeitig ins Lager zurückgebracht wurden oder, in der Mehrzahl, weil deren Aufenthalt nicht bekannt war. Viele Internierte verließen das Lager ohne ihre Angehörigen. Sie waren, so wie auch mein Vater, im Lager umgekommen, oder ihr Verbleib war unbekannt. Nach Jahren des Schreckens fuhren wir Deutschen, darunter meine Mutter und ich, in die Freiheit, zugleich aber verließen wir auch die Heimat.

Als meine Mutter und ich zum Transport bestimmt worden waren, verließen wir, während die Kolonnen zur Arbeit gingen, als erleichterte Menschen das Lager. Der Riegel kreischte und zwei Posten machten das Tor ganz weit auf. Stumm und ohne ein Wort zu sprechen, schritten wir durch das Tor, noch immer in Angst, zurückgeholt zu werden. Erst als hinter uns der Riegel wieder zurückgeschoben wurde, atmeten alle erleichtert auf. Und war man endlich hinter dem Tor, konnte man es kaum fassen, daß das Gefangenendasein nun doch vorüber sein sollte. Als ich noch einmal den Blick zurückwendete, meinte neben mir eine alte Frau: „Sieh dich nicht um, sonst mußt du wieder zurück!"

Die sieben Kilometer lange Wegstrecke zur Bahnstation Nakel mußten die Deutschen in geschlossenen Reihen und mit ihrem Gepäck zurücklegen, zu Fuß und unter strenger Bewachung durch die Miliz (in meinem alten Sack waren eine zerrissene Hose, ein altes Hemd und alte kaputte Schuhe. Auch das Gepäck meiner Mutter war ein alter Sack mit alter abgetragener Kleidung). Mit haßerfüllten Gesichtern schikanierten sie uns ein letztes Mal, indem sie zum eiligen Marschieren drängten und mit Schlagstöcken und Gertenhieben nachhalfen. In Nakel standen die Polen am Straßenrand, eine Polin spuckte in unsere Reihen, andere schimpften. Bei den letzten Transporten dann wurden die Deutschen als Aussiedler behandelt und die Alten und nicht Gehfähigen sowie die Kranken und das Gepäck auf Lastwagen zur Bahn gefahren.

In Nakel war aus dem Internierungslager nun ein Entlassungslager, ein Durchgangslager des Polnischen Roten Kreuzes geworden. Wenn die Transportzüge nicht pünktlich eintrafen, verbrachten die Aussiedler ihre manchmal mehrtätige Wartezeit hier im Lager. Sie waren in einer Baracke untergebracht und konnten sich frei in der Stadt bewegen.

Die Transportzüge bestanden aus 55 besonders vorbereiteten Güterwagen mit Sitzplätzen. Die Zahl der jeweiligen Aussiedlertransporte betrug 1700 bis 2000 Personen, so daß auf jeden Güterwagen 35 – 40 Personen entfielen. Mitgeführt wurden ein bis zwei Sanitätswaggons, die lediglich mit Kalk desinfiziert waren.

In zwei Dienstwagen befand sich das mitgeführte polnische Begleitpersonal: Soldaten, Behördenvertreter, Schwestern und Eisenbahner, insgesamt sechzig Personen, außerdem auch der Lebensmittelvorrat.

Als dann der Zug auf dem Nakeler Bahnhof einlief, hatten es alle eilig. Gegen Abend fuhr der Zug ab. An der Oder hielt er an. Alle mußten aussteigen, alle Waggons wurden genau durchgezählt. Dann hieß es wieder: „Aufsteigen" und die Waggons wurden fest verschlossen. Der Zug passierte die Oder und die Grenze nach Deutschland. Dort hieß es erneut: „Alle aussteigen!". Eine russische Kommission überprüfte die Personenliste, während Soldaten die Abteile durchsuchten.

Meine Mutter und ich kamen ins Quarantänelager Sonnenberg in Thüringen. Von dort aus wurden wir auf einem

Bauernhof in Weberstedt einquartiert. Der Bauer hatte eine Sauerkrautfabrik und ich mußte in riesigen Fässern das Sauerkraut stampfen. Meine Mutter arbeitete auf dem Bauernhof in der Landwirtschaft.

Die letzten Transporte verließen Ende 1949 das Lager Potulice. An Weihnachten 1949 wurden die noch im Lager internierten deutschen Zivilisten in das Lager Lissa südwestlich von Posen eingewiesen. Dieses Lager, in dem die Internierten schon besser behandelt wurden als in Potulice, wurde laut Aussage der von dort nach Deutschland ausgesiedelten Internierten Anfang 1950 aufgelöst.

ÜBER DAS VERSCHWEIGEN

Wer all die Grausamkeiten und Greuel kennt, denen die Deutschen in Polen, vor allem in den Lagern, ausgesetzt waren, wird sich die „klassischen" Fragen stellen:

— Was ging in den Tätern vor, welche Motive hatten sie? Was veranlaßt Menschen dazu, ihresgleichen zu mißhandeln und quälen?
— Und:
— Welche Verantwortung trägt die polnische kommunistische Nachkriegsregierung für die Zustände in den Lagern? Waren die Mißhandlungen, die auf eine Dezimierung des deutschen Bevölkerungsanteils hinausliefen, von Regierungsseite systematisch angeordnet und entsprechend ausgeführt worden, oder handelt es sich um Exzesse Einzelner?

Ein polnischer Bearbeiter hat aus dem Aktenstudium folgende Erkenntnis gewonnen. Die Wachmannschaften und Funktionäre der Lager setzten sich zusammen aus ehemaligen Häftlingen der Konzentrationslager des NS-Regimes, aus Angehörigen des polnischen Widerstands und der kommunistisch-polnischen Armee. Niemand war für diese Arbeit geschult und ausgebildet worden. Der Bildungsgrad der polnischen Jugend überhaupt war, bedingt durch die jahrelange Kriegsdauer und die Vernichtungspolitik der SS, sehr niedrig. Alle deutschen Opfer berichten übereinstimmend, daß ihre Peiniger fast ausnahmslos einfältige und rücksichtslos gewalttätige, fast ständig alkoholisierte Schlägertypen gewesen sind. Sie waren zumeist sehr jung. Wer von den jungen Leuten überhaupt Neigung zeigte, meldete sich bei der Miliz, bekam eine Waffe in die Hand gedrückt und fungierte nun als staatlich autorisierte Ordnungskraft. Daß der ungehinderte Besitz einer Waffe und eines Gummiknüppels junge Menschen zur Großmannssucht, zum Ausleben ihrer so leicht gewonnenen Machtfunktion verführte, ist psychologisch nachvollziehbar. Um sich in der Rolle als Ordnungskraft hervorzutun, reagierten die Milizangehörigen ihre Willkür, ihre Haßgefühle straflos an den hilf- und rechtlosen Internierten ab. Dabei machten sie eine neue, bestärkende Erfahrung: das Gefühl der Macht, die sie ungehindert über Menschen ausüben konnten.

Man muss den in der Zeit des nationalsozialistischen Terrors angestauten Haß der Polen auf die Deutschen in Betracht ziehen. Als Reaktion auf den deutschen Überfall wurde ein massives, ungeheures Aggressionspotential freigesetzt, dem nach dem Abzug der deutschen Truppen nun die angestammte deutsche Zivilbevölkerung ausgesetzt war. Von polnischer Seite wird heute entschuldigend darauf verwiesen, daß die „Täter" jener Zeit selbst viel Unrecht erlebt hätten, selbst oft Häftlinge der deutschen Konzentrationslager gewesen waren. Dass Menschen, die zuvor selbst unvorstellbaren Qualen durch Deutsche ausgesetzt gewesen waren, nun, da Deutsche die Häftlinge waren, nicht verantwortungsvoll mit ihrer neugewonnenen Freiheit und Macht umgehen konnten, ist verständlich. Wer als Nichtdeutscher ein deutsches Konzentrationslager überlebt hatte, war sicher in der ersten Nachkriegszeit kaum fähig, zwischen der SS und den nicht nationalsozialistischen Deutschen überhaupt noch zu unterscheiden. Das mußte aber auch einer polnischen Verwaltung und Regierung bekannt gewesen sein – und eine verantwortungsvoll handelnde Siegermacht hätte nie diese menschlich perfide Rache der Opfer an den vermeintlichen Tätern zulassen dürfen. Das gilt insbesondere für das jüdische Wachpersonal der polnischen Lager. Dass die Volksrepublik Polen es zuließ und duldete, dass auch und vorzugsweise ihre durch die deutschen Konzentrationslager schwer traumatisierten jüdischen Staatsbürger nun ihrerseits als Aufseher über Deutsche unverantwortlich und grausam handeln konnten und zu „Tätern" wurden, ist eine an Zynismus kaum zu überbietende Spielart des Antisemitismus.

Hier geht es nicht um ein individuelles Fehlverhalten, sondern um ein generelles und staatlicherseits systematisch gefördertes Fehlverhalten. Der polnischen Bevölkerung wurde sowohl seitens des kommunistischen Systems, als auch aus den Medien, als auch von den Kanzeln herab gepredigt, dass die noch nicht vertriebenen Deutschen nun ihrerseits die „Untermenschen" seien. Diejenigen unter unseren

Bewachern, die Mitgefühl mit uns verspürt hatten, waren daher eine verschwindende Minderheit und durften sich nicht zu erkennen geben, sobald Kollegen dabei waren.

Im Umgang mit den Deutschen in Polen wurde versucht, den deutschen Bevölkerungsanteil zu reduzieren und zu eliminieren, bevor er aus der Heimat vertrieben wurde. Dem Zweck dienten die drastischen Drangsalierungen unter der Extremsituation jahrelanger Gefangenschaft in den Lagern: die hemmungslose, brutale und sadistische Gewalttätigkeit, oft mit Todesfolge; die planmäßigen Erschießungen, vor allem im Lager Kaltwasser; die unterhalb des Existenzminimums liegende Nahrungsversorgung und der daraus resultierende Hungertod der Säuglinge, Kleinkinder und Alten; die unhygienischen, seuchenbegünstigenden Zustände; die fehlende Krankenversorgung; die körperliche Ausbeutung und Überforderung bei der Zwangsarbeit; das Martyrium der Kinder und Mütter.

Der Eliminierungsmechanismus großen Stils wurde von den Lagerleitern und Verantwortlichen selbst zugegeben. Hier vollzog sich ein Vorgang des massenhaften Unrechts, wie es einem versuchten Genozid entspricht.

Die Ausführenden dieses Massenunrechts waren Mitglieder der Miliz und des Geheimdienstes (UB), also Angehörige der staatlichen kommunistischen polnischen Sicherheitskräfte. Deren Gewalttaten und Mißhandlungen waren geprägt von dem Vorbild der nationalsozialistischen Konzentrationslager, und sie sorgten für eine hohe Zahl an Todesopfern. Miliz und UB waren damals meiner Meinung nach dem Sicherheitsdienst der SS vergleichbar. Der polnische Staat hat sich bis heute nicht seiner Verantwortung für diese Verbrechen gestellt.

Man wird sich auch fragen: Wie haben die einstigen Häftlinge ihre schrecklichen Erlebnisse verarbeiten können? Wie wirken diese nach? Aus den Briefen und Berichten ist bei allen Opfern ein anhaltender Alptraum zu vernehmen, der mehr oder weniger verdrängt worden ist. Die Erinnerungen wachzurufen scheuen sich die meisten, weil das Erlebte zu grausam gewesen ist. Sie sagen: „Es waren furchtbare Jahre. Ich habe sie verdrängt, um ohne Alpträume schlafen zu können."

„Ich habe soviel Elend erlebt, dass ich die Heimat nicht mehr sehen will. Es waren viereinhalb Jahre Schrecken, Leiden und Angst. Sie sind alle erniedrigend, qualvoll und grausam gewesen."

Wir waren damals oft sehr verzweifelt und ich kann wohl sagen, dass der seelische Druck, die Ungewißheit, ob man alles übersteht, ob man seine Angehörigen wiedersieht und wie lange das alles noch dauert, oft schlimmer war als alle körperlichen Leiden. Es war lange zu belastend, um alles niederschreiben zu können. Ich habe lange gebraucht, mich dazu zu entschließen. Es fällt mir sehr schwer, an diese Zeit zurückzudenken.

Das Lager Potulice ist für die in polnische Hand gefallenen Deutschen ein Inbegriff des Schreckens. Die Schreie der geschlagenen und gefolterten Deutschen gehören zur Geschichte des polnischen Staates, der es zuließ, dass hier der Fanatismus wahre Orgien feierte.

Und wie stehen die Verantwortlichen und die Täter von einst in der Rückschau zu ihrem damaligen unmenschlichen Verhalten? Soweit bekannt ist, ist in Polen niemand zur Rechenschaft gezogen worden. Lediglich im Blick auf das Lager Lamsdorf in Oberschlesien, das in Deutschland eine gewisse Publizität erfuhr, wurde das Tabu gebrochen. In einem Prozeß vor dem Landgericht in Haagen wurde ein nach Hessen ausgesiedelter Mittäter 1951 zu fünf Jahren Gefängnis verurteilt. Sowohl der sehr sorgsam ermittelte Sachstandsbericht des Gerichts als auch die Dokumentation des Lagerarztes Dr. Esser haben die Gewalttaten in diesem Lager ins Licht der Öffentlichkeit gerückt.

Was Potulice angeht, so wurde hier bisher niemand zur Rechenschaft gezogen. 1958 und 1959 wurden in Polen der Lagerleiter Czeslaw Geborski und ein Lageraufseher wegen Totschlags und Mißhandlung angeklagt. Der Prozeß fand hinter verschlossenen Türen statt und endete mit einem Freispruch. Der polnische Historiker Edmund Novak entdeckte nach der politischen Wende in Polen Teile der Lagerakten und bestätigte die von den deutschen Lagerinsassen geschilderten Zustände des Lagers Potulice. Der frühere Lagerarzt eines weiteren Lagers, des Frauenlagers „Zgoda" in Schwientochlowitz bei Kattowitz, Dr. Glombica, übersiedelte nach Westdeutschland, wo er aufgrund einer Anzeige einer früheren Lagerinsassin vom Landgericht in Essen 1961 zu zwei Jahren Haft verurteilt wurde. Gegen den damaligen Potulicer Lagerkommandanten Salomon Morel („Wir brauchen Euch nicht zu erschießen, wir warten, bis Ihr allein krepiert") ermittelte eine polnische Untersuchungskommission in Kattowitz, nachdem die Kattowitzer Tageszeitung „Dziennik Zachodni" und die Wochenzeitschriften „Wiesci" und „Tygodnik Powszechny" nach der politischen Wende in Polen Zeugen der dortigen Greueltaten zu Wort kommen ließ. Morel verließ daraufhin Polen und ging nach Israel (siehe dazu den Bericht von Helga Hirsch: Die Rache des Kommandanten). Auch der Lagerarzt von Potulice,

Dr. Cedrowski, verließ Polen und zog nach Israel, wo diese Verbrechen nicht verfolgt werden.

Der Widerstand gegen die Offenlegung und die Aufarbeitung der damaligen Verbrechen ist auf polnischer Seite noch sehr stark, zumal auch die Auseinandersetzung mit den „Stalinisten" noch aussteht. In Polen hüllt man sich staatlicherseits zu jenen Vorgängen gern in Schweigen, wie überhaupt zu den Vorgängen bei der Vertreibung – wobei die „Vertreibung" allerdings in den deutsch-polnischen Vertrag vom 14. November 1990 aufgenommen wurde. Bei offiziellen Gedenkveranstaltungen aber blieben die deutschen Opfer bisher meist unerwähnt. Um so beachtlicher war die Initiative eines Bromberger Historikers, der für die deutschen Opfer von Potulice ein Denkmal forderte. Den Gedenkstein für die deutschen Opfer von Potulice 1945 bis 1950 gibt es inzwischen (siehe Abbildung im Anhang), er wurde 1998 auf einer Gedenk- und Versöhnungsfeier enthüllt.

Auch dieses Buch versteht sich als ein ehrendes Gedenken an die vielen Opfer des Lagergeschehens, auch als ehrendes Gedenken an meinen Vater Christian Lelke, der das Lager Potulice nicht überlebt hat.

Mit dem Ende des Zweiten Weltkriegs hatten die Unfreiheit und die Massenverbrechen für die Menschen hinter der Elbe, erst recht hinter Oder und Neiße und in besonderer Weise für die „Volksdeutschen" kein Ende gefunden, keine Stunde Null, sondern es ging es weiter, es begannen Flucht und Vertreibung. Die rechtliche Grundlage in Polen waren die Dekrete des „Polnischen Komitees der Nationalen

Befreiung" von 1944 und der kommunistischen Regierung ab 1945. Entscheidend ist das Dekret vom 4. Dezember 1944, das später mehrfach ergänzt worden ist. Es bestimmt, dass Deutsche, die vor 1939 die polnische Staatsangehörigkeit besaßen, als „Volksverräter" anzusehen seien und „unabhängig von der strafrechtlichen Verantwortung festzunehmen, für unbegrenzte Zeit in einem Internierungsort (Lager) eingewiesen und der Zwangsarbeit unterworfen werden" und dass ihr und ihrer Familienangehörigen „Vermögen der Konfiskation" unterliege. Diese Dekrete verdeutlichen, bar jeder rechtsstaatlichen Vorstellungen, eine nationalistische Gesinnung, die den Deutschen eine Kollektivschuld unterstellt und Kollektivrache zum verpflichtenden Handeln proklamiert, mit all den schrecklichen Folgen für die deutschen Zivilisten in polnischem Gewahrsam. Daher war es naheliegend, diesen Menschen ohne Skrupel das Recht auf Leben abzusprechen.

Die von der SS angelegten Konzentrationslager wurden daher auch nicht aufgegeben, sondern von der polnischen Miliz übernommen und weitergeführt, und die Miliz zielte darauf ab, in der Behandlung der internierten Deutschen die Methoden der NS-Machthaber fortzusetzen. Die Miliz konnte allerdings auch auf entsprechende polnische Vorbilder zurückgreifen. Die in den Lagern ab 1945 angewandten Praktiken stimmten nämlich auch auffällig mit denen des Konzentrationslagers „Bereza kartuska" überein, das bereits vor 1939 auf polnischem Boden zur Internierung unter anderem von"Volksdeutschen" eingerichtet worden war.

Bedenkenlos wurden die Menschen in allen polnischen Lagern durch die einheitlich angewandten Methoden staatlicher Organe physisch wie psychisch grausamsten

Belastungen ausgesetzt, die eine extrem hohe Sterblichkeit verursachte. Das wurde auf allen Verantwortungsebenen nicht nur billigend, sondern vielmehr vorsätzlich in Kauf genommen.

Die Lager in Westpolen bestanden, obwohl wegen der gleichen Tatbestände zur selben Zeit NS-Machthaber und KZ-Wächter zum Tode verurteilt worden sind und trotz der besonderen und aktuellen Bedeutung der Rechtssprechung des Internationalen Militär-Tribunals in Nürnberg. Mit Blick auf diesen Widerspruch protestierte der amerikanische Hauptankläger Jackson gegen die Vorgänge im Osten, indem er ausführte: „Was die Welt braucht, ist bestimmt nicht die Idee, die einen aus den Konzentrationslagern herauszuholen und die anderen hineinzustecken, sondern die Konzentrationslager selbst müssen abgeschaffen werden".

Die britische Regierung hatte wiederholt bei der polnischen Regierung interveniert, zumal die „Grausamkeiten", die den deutschen Frauen und Kindern im Zusammenhang mit der Vertreibung zugefügt worden sind, im Unterhaus wie auch in der britischen Presse zur Sprache gekommen waren. Beispielsweise schrieb der „Londoner Economist" am 15. September 1945: „Der Rat der Außenminister muss diesen erschütternden Tragödien ein Ende setzen ... Selbstverständlich haben die Deutschen Strafe verdient, aber keine Folterung dieser Art. Wenn die Polen und Tschechen für zivilisierter als die Nazis gelten möchten, werden sie die Vertreibung sofort unterlassen".

Über das entsetzliche Lagergeschehen am Beispiel Schlesiens informiert, telegrafierte General Eisenhower am 18. Oktober 1945 nach Washington: „In Schlesien verursachen die polnische Verwaltung und ihre Methoden eine große Flucht nach Westen …Die von den Polen angewandten Methoden entsprechen ganz gewiß nicht der Potsdamer Vereinbarung …Die Todesrate in Breslau hat sich verzehnfacht, und es wird von einer Säuglingssterblichkeit von 75 % berichtet. Typhus, Fleckfieber, Ruhr und Diphtherie verbreiten sich".

Verstoßen wurde auch gegen Geist und Buchstaben des Potsdamer Protokolls vom 2. August 1945. Gemäß Artikel XII sollte die „Überführung der deutschen Bevölkerung" ausdrücklich in „ordnungsgemäßer und humanitärer Weise erfolgen".

Zur Wahrung der Menschenwürde verpflichteten auch die „Charta der Vereinte Nationen", die am 26. Juli 1945 von 46 Staaten unterzeichnet wurde, und erst recht die Haager Landkriegsordnung, die im Zweiten Weltkrieg anwendbar war sowie die Genfer Konvention. Ein Geheimprotokoll der Alliierten sah zwar Deportationen und Zwangsarbeit zur Wiedergutmachung vor, auch das Potsdamer Protokoll vom 2. August 1945 ermöglichte die Überführung der deutschen Bevölkerung nach Deutschland, und die Feindstaatenklausel der UNO-Charta (Art. 107) gab den Alliierten freie Hand in der Behandlung der Deutschen. Diese völkerrechtlich problematischen Zugeständnisse, die dem polnischen Regime prinzipiell zugute kamen, rechtfertigten aber in keiner Weise die brutale und inhumane Ausführung.

Auch die Behandlung der deutschen Kriegsgefangenen widersprach dem geltenden Völkerrecht. So erschwerte die polnische Regierung auch dem Internationalen Roten Kreuz die Ausübung seiner Überwachungstätigkeit in Polen. Erst im Juni 1946 war es dem IKRK möglich, einen ständigen

Delegierten nach Polen zu entsenden, der dort aber vor großen Schwierigkeiten stand.

Am 9. Dezember 1948 billigte die Vollversammlung der UNO die „Entschließung über das Genocidium", den Gruppen- und Massenmord. Dennoch und obwohl die Waffen längst schon lange schwiegen, hielten die rechtswidrigen und unmenschlichen Maßnahmen noch unverändert an. Dieses Unrechts war man sich in Polen sehr wohl bewußt, davon kann sich niemand freisprechen.

Schmerzlich ist, dass die katholische Kirche angesichts dieser Unmenschlichkeit, die deutschen Menschen widerfuhr, sich nicht bemühte, einen mahnenden und mäßigenden Einfluß auszuüben. Sie verstand sich als polnische Nationalkirche und verharrte wie das politische Regime in lang andauernder Unversöhnlichkeit.

Es bleibt letztlich festzuhalten, dass die Kollektivbestrafung, die gesellschaftliche Entmündigung, die Tragödie der Mütter und Kinder, die physische Vernichtung in den Lagern und die ausgeübten inhumanen Vertreibungspraktiken der polnischen Ordnungskräfte dem geltenden Völkerrecht und europäischen Rechtsprinzipien sowie abendländischen humanitären Wertvorstellungen widersprochen haben. Obwohl der Krieg längst beendet war, verstieß Polen eklatant gegen die rechtlichen und humanitären Verpflichtungen als Gewahrsamsmacht von deutschen Menschen, indem es sie gegen ihren Willen in Unfreiheit zurückhielt. Es zerstörte die Lebensgrundlagen der heimischen deutschen Bevölkerung, vollendete die bereits vor Ausbruch des Zweiten Weltkriegs begonnene Entdeutschung in radikaler Weise und nahm dabei vorsätzlich und rücksichtslos das Massensterben deutscher Menschen in Kauf. Dieser Vorgang war in Polen bislang tabuisiert. Die folglich weitverbreitete Unwissenheit und das Gefühl eigener Schuldlosigkeit prägen die Beziehung zu Deutschen. Hätte es 1945 schon Fernsehen und mutige Korrespondenten gegeben, so wären wahrscheinlich durch das Bekanntmachen der verwerflichen Zustände die Auswüchse und damit der Tod recht- und hilfloser Menschen verhindert worden.

Die Tragödien, die sich in den Jahren 1944-1950 unter polnisch-kommunistischer Herrschaft hinter den Stacheldrahtzäunen der Lager in Westpolen ereignet haben, gehören zu den Belastungen zwischen dem deutschen und dem polnischen Volk – Belastungen, die noch der gemeinsamen Bewältigung harren, damit eine Verständigung im Vereinten Europa auch tragfähig wird.

Die Berichte der einzelnen Opfer sind glaubwürdig und bestätigen sich in der Summe. Was die Menschen erlebt und erlitten haben, kann man auch nicht erfinden. Dieses Leid läßt sich weder entschädigen noch wiedergutmachen, noch durch Klage und Anklage tilgen. Einer moralischen Wertung enthalte ich mich. Die historischen Tatsachen sprechen für sich.

Über die Gestaltung der Zukunft nachzudenken heißt nicht, das Vergangene zu vergessen. Niemand kann die schmerzlichen Gefühle des polnischen Volkes über die schweren Verluste, Zerstörungen und Untaten des Krieges, den wir nach Polen hineingetragen haben, tilgen. Wir Deutschen wollen und werden das nicht vergessen. Ebenso aber kann niemand das erlittene Unrecht, das Deutschen widerfahren ist, ungeschehen machen und niemand kann den Schmerz über den Verlust der viele Jahrhunderte alten Heimat der Vergessenheit überantworten. Auch Bundespräsident

Dr. Richard von Weizsäcker hat in diesem Sinne auf die beiderseitige leidvolle Vergangenheit hingewiesen. Und auch sein Nachfolger Prof. Dr. Roman Herzog verwies darauf und auf Wege zur Überwindung dieser bestehenden Belastung: „Was wir brauchen, ist Versöhnung und Verständigung, Vertrauen und gute Nachbarschaft. Das kann nur weiterwachsen und gedeihen, wenn unsere Völker sich dem Grauen ihrer jüngsten Geschichte in aller Offenheit stellen, in aller Offenheit und ohne Vorurteile, mit dem Mut zur vollen Wahrheit, nichts hinzufügen, aber auch nichts weglassen, nichts verschweigen und nichts aufrechnen, im Bewußtsein, der Vergebung bedürftig zu sein, aber auch zur Vergebung bereit." Diese Auffassungen schließen die Lagertragödien von 1944-1950 mit ein. Tröstlich ist, daß sich junge polnische Historiker dieses bisherigen Tabuthemas anzunehmen beginnen.

Mag jene allgemeinmenschliche Maxime gegenüber den Opfern gleich welcher Seite beispielgebend sein: „Das Geheimnis der Versöhnung ist Erinnerung!"

Die Bürde der Geschichte sollte uns ein aufrichtiges Eingeständnis eigenen Unrechts, sollte Toleranz, Mitgefühl und Ehrfurcht vor den Leiden der jeweiligen Opfer lehren. Mord und Leid und Tränen haben keine Nationalität. Die Opfer sind immer Menschen. Mit dieser Einsicht obliegt es den Menschen über Gräbern nun Brücken zu bauen zwischen beiden Völkern. Das wäre die Voraussetzung, um Goethes Worten folgen zu können, die der polnische Nationaldichter Adam Mickiewicz in einem Brief vom 16. Dezember 1833 von seiner Begegnung mit ihm überliefert: „Goethe hat gesagt: Was ist am heiligsten? Das, was Menschen verbindet!"

ANHANG

Wo einst meine Wiege stand. 30.11.1931

Freundliche Begegnung. April 1992

Lager Potulice (Nakel-Bromberg).
„Die Hölle auf Erden". von 1941 – 1950

Versöhnungstreffen. April 1992

Im Hintergrund Schwarzpappeln und Teich. Der Feldweg zu unserem
Bauernhof in Neuhof – Haus, Scheune und Stall sind abgebrannt!
Begegnung mit Viktor 15.4.1992. Unser Bauernhof ist abgebrannt.
Das Land und die Torfwiesen werden von einem polnischen Bauern
bewirtschaftet. Eine Entschädigung hat es nicht gegeben.

Am Frühstückstisch ... in unserer ehemaligen Heimat (Deutsche und
Polen an einem Tisch), in Seemark. 15.4.1992

Ein Geschenk (Schneeglöckchen mit Erde) nach Süderbrarup

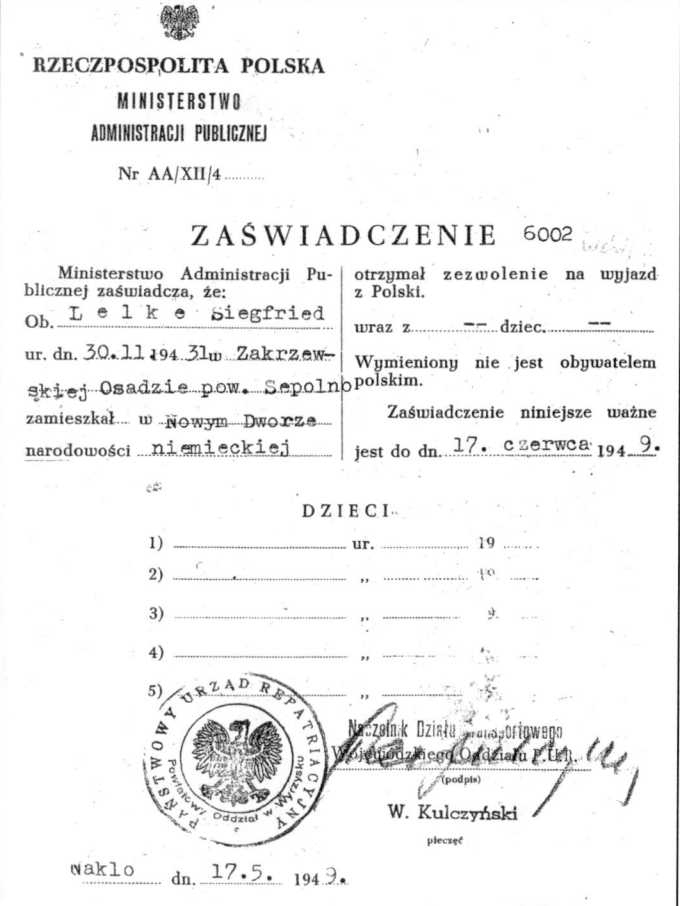

RZECZPOSPOLITA POLSKA

MINISTERSTWO
ADMINISTRACJI PUBLICZNEJ

Nr AA/XII/4 ....

ZAŚWIADCZENIE 6002

Ministerstwo Administracji Publicznej zaświadcza, że:

Ob. L e l k e Siegfried

ur. dn. 30.11 194 31w Zakrzew-
skiej Osadzie pow. Sepolno

zamieszkał w Nowym Dworze

narodowości niemieckiej

otrzymał zezwolenie na wyjazd z Polski.

wraz z .... -- dziec. ..... --

Wymieniony nie jest obywatelem polskim.

Zaświadczenie niniejsze ważne jest do dn. 17. czerwca 194 9.

DZIECI

1) .... ur. .... 19 ......
2) .... ,, ... 19
3) .... ,, 9.
4) .... ,,
5)

Naczelnik Działu transportowego
Wojewódzkiego Oddziału P.U.R.
(podpis)

W. Kulczyński

pieczęć

Wakło dn. 17.5. 194 9.

Meine Entlassungsurkunde Potulice – Vertriebenenausweis aus der ehemaligen Heimat

129

Und auch andere Verbrechen sollen nicht vergessen werden.

»Geschlagen und misshandelt«

Die Verbrechen der Naziregierung dürfen wir nicht vergessen! Doch in gleicher Weise wurden von der polnischen kommunistischen Regierung (1945 bis 1950) große Ungerechtigkeiten vollbracht, die ich selbst erlebt habe (Jahrgang 1931). Wir wissen alles über die grausamen Deutschen. Aber viele wissen nichts von dem, was auf der anderen Seite geschah. (. . .)

Die Wahrheit ist, dass es einen deutschen Holocaust gab, den die Zivilbevölkerung im Osten erlitten hat: den Tod von Millionen Verjagten und Erschlagenen. Den hat man bisher verschwiegen. Ich war vom 13. bis zum 18. Lebensjahr (1945 bis Ende 1949) im KZ Potulice zur Arbeit eingeteilt. Ich musste schwere Arbeit (von 5 bis 20 Uhr) verrichten. Ich bekam sehr wenig zu essen und musste hungern; ich wurde geschlagen und misshandelt, meine Haare wurden abrasiert und ich muste ein großes „W" (Gefangener) auf dem Rücken meiner Jacke tragen.

Meine Mutter und mein Vater kamen auch ins KZ Potulice. Obwohl meine Eltern fromme Christen waren und während der Naziregierung polnische Mitbürger unterstützten. Meine Mutter und ich überlebten. Mein Vater, der die Grausamkeiten und Schikanen unter dem Lagerarzt und Lagerkommandant Dr. Ignacy Cedrowski nicht überstanden hat, ist am 23. Mai 1948 in der Todesbaracke 19 gestorben. Dies nach der Aussage von Frau Stopierzynski (Krankenschwester), die sich im Lager Potulice heimlich Notizen machte und diese später dem Roten Kreuz übergab.

Wir sind Christen, wir haben gute Freunde in unserer ehemaligen Heimat und wir wollen in Frieden und Freundschaft mit dem polnischen Volke leben. In Deutschland wird das Thema peinlichst gemieden, um nicht in den Verdacht zu geraten, die eigene historische Schuld relativieren zu wollen. Doch Unrecht Unrecht zu nennen, ist unverzichtbar! „Vergessen: Nie! Verzeihen?". Demnächst erscheinen meine Erlebnisse in einem Buch „Verlorene Jugendjahre".

Siegfried Lelke, Tübingen,
Beim Herbstenhof 4

Siegfried Lelke berichete am 14. Februar im Sprachrohr über die Leiden der Zivilbevölkerung im Osten. Wie er überlebten auch andere Tübinger das Lager Potulice.

»Das große Sterben«

Heute noch habe ich Angstzustände. Besonders dann, wenn ich alleine zu Hause bin, glaube ich, es wäre jemand hinter mir, der mir Böses und Schlimmes antun will. Als junges Mädchen war ich vom März 1945 bis Mai 1949 in verschiedenen Nebenlagern im Bereich Bromberg und hierbei auch unter anderem in den Lagern Kaltwasser (Ziemnywoda) und Potulice. Besonders im Lager Kaltwasser musste ich das große Sterben und den planvollen Massenmord miterleben. Des Nachts holten sich angetrunkene polnische Miliz-Männer junge deutschen Mädchen und Frauen von ihren Schlafplätzen, die dann in grausamer Verfassung zurückkehrten. Die Menschen litten entsetzlich unter quälendem Hunger und ihre Körper verfielen zusehends. Zuerst starben die älteren Leute und die kleineren Kinder.

Im Hauptlager Kaltwasser befanden sich auch Kinder. So leicht und schnell die Erwachsenen starben, so schwer starben die kleinen Kinder. Sie lagen oft die Nacht und den ganzen Tag im Sterben. Sie weinten und schrieen vor Hunger. Auch ich musste verhungerte und erschlagene Frauen, Männer und Kinder auf den Lastwagen werfen. Die Leichen kamen dann in den Wald hinter der Baracke, wo viele Laufgraben geschaufelt waren. Die Todeslisten des Lagers enthalten nur wenige hundert Namen, es waren aber mehrere tausend Tote, die nicht registriert wurden. Als das Lager Kaltwasser Ende März 1946 aufgelöst wurde, mussten die Insassen am 31. März den Weg zum Lager Potulice zu Fuß antreten. Wenn jemand später das Wort Kaltwasser hörte, dann wurde man gefragt: „Waren Sie etwa auch dort?", „Wie sind Sie von dort lebend herausgekommen?" Der Lagerleiter, ein russischer Jude namens Dr. Zedrowski äußerte, „solange ich im Lager bin, werden viele nicht mehr lebend herauskommen". Eine Maxime, der gemäß er auch handelte. Trotz alledem, ich überlebte und ich danke Gott dafür.

Ella Kehrer, Tübingen,
Im Buckenloh 103

Leserbriefe, 14. Februar 2005

Mein Geburtsort Seefelde Post Vandsburg Kreis Zempelburg

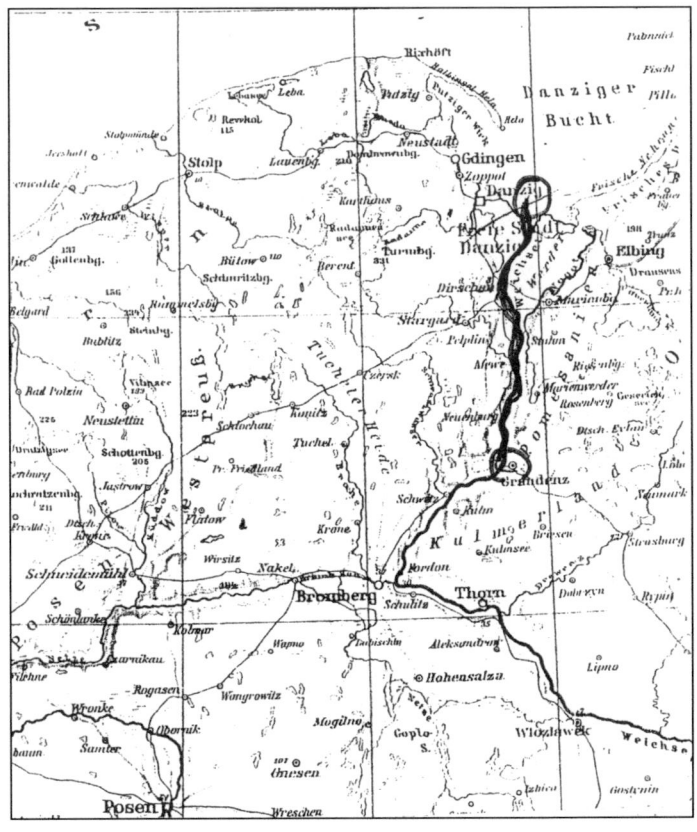

Ost-Danzig-Westpreußen. In bitterer Erinnerung vieler
Danziger und dort hängengebliebener Flüchtlinge ist der „Große
Todesmarsch" von Danzig nach Graudenz. Es waren etwa 8000
Frauen und Männer (1945). Wem während des Marsches, einer
100-150 km langen Strecke, die Kräften versagten und wer
liegenblieb, der wurde erschlagen oder erschossen ...

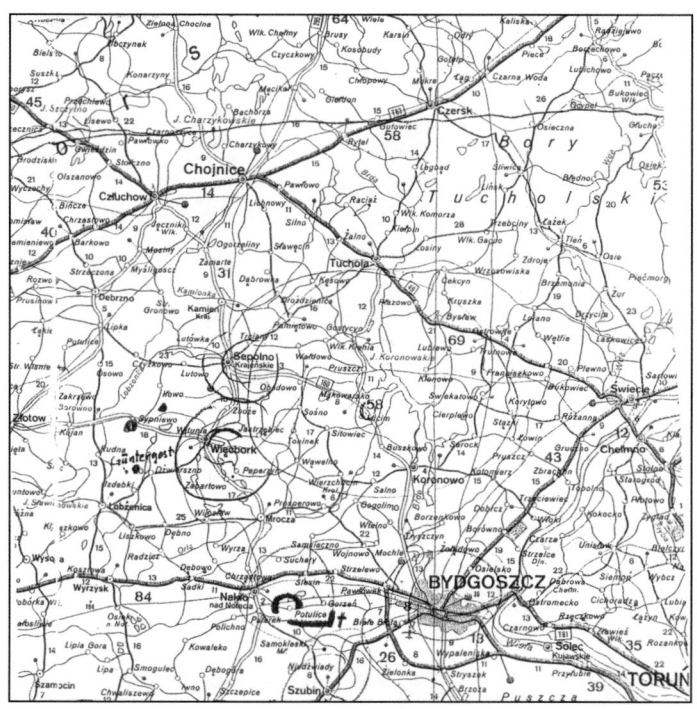

Potulice bei Nakel. Dieses Konzentrationslager wurde nicht
aufgehoben, sondern von den Polen übernommen und von der
polnischen Miliz fortgeführt. Verbrechen sind Verbrechen und
können nicht gegeneinander aufgerechnet werden!

A:	Haupttor mit Wachlokal	28–29:	Kinder- und Schulbaracke,
B:	Seitentor für Lasttransporte	30:	Heizwerk,
C:	Seitentor für die Kriegsgefangenen, die im westlichen	31:	Bäckerei,
	Lagerteil abgetrennt untergebracht waren.	32:	Entlausung, Dusche,
		33:	Küche mit 12 großen Dampfkesseln, Schälküche,
1–29:	Gefangenenbaracken (mit dreistöckigen Betten, oft		Keller mit Straf-»Bunkers«,
	doppelt belegt),	34:	deutsches Innenlager Aufsichtspersonal und Antifa-
davon hauptsächlich (zeitweise Änderungen unberücksichtigt)			Leute, Magazin (Kartoffeln, Rüben),
Baracken			
		35–45:	Fabrikations- und Lagerwerkstätten: Schneiderei
1–5 und 22–27:	Unterbringung der männlichen Gefange-		(Uniformherstellung), Tuchlerei (Möbelherstellung),
	nen,		Schlosserei, Korbflechterei, Strohflechterei,
10–16:	Unterbringung der weiblichen Gefangenen,		Wäscherei, davon die Baracken
1–5:	Zusammenstellung der Transporte (1949),	39:	Wäscherei,
6:	Unterbringung der in der Verwaltung tätigen Frauen,	40:	Schneiderei.
17:	„Altenheim",	41–45:	Werkstätten.
18:	Entbindungs- und Säuglings- baracke,	46:	Löschteich,
19:	Krankenbaracke.	47:	Glockenstuhl mit Lagerglocke.

*An den Lagerecken Wachtürme mit Maschinengewehr und Scheinwerfer. Doppelter beleuchteter Außenzaun
mit Postengang dazwischen.*

Flächengröße des Lagers ca. 3 ha. Belegungskapazität normalerweise für ca. 10000 Personen.

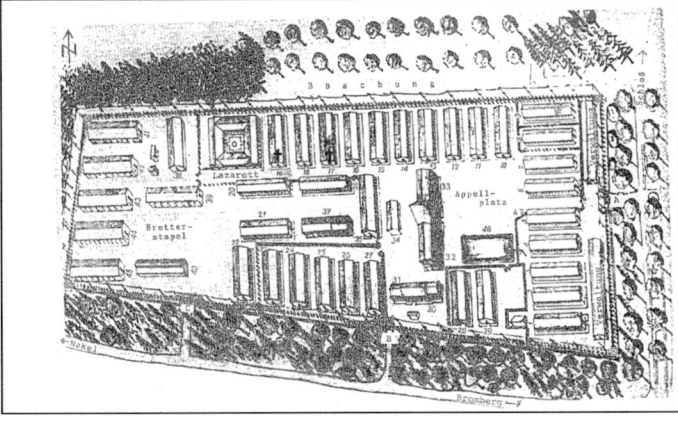

Mein Vater, der die Grausamkeiten unter dem Lagerarzt Dr. Ignacy
Cedrowsky nicht überstanden hat, ist in der Todesbaracke 19 am
23.5.1948 gestorben.

auch an Leiden von Deutschen

Bartoszewski beklagt „Tragödie der Zwangsumsiedlung"

BONN (dpa/AP). Zum 50. Jahrestag des Endes des Zweiten Weltkrieges hat der polnische Außenminister Wladyslaw Bartoszewski gestern in Bonn deutliche Signale der Versöhnung gesetzt und an das große Leid nicht nur der Polen, sondern auch der deutschen Vertriebenen erinnert.

Bartoszewski sowie Bundestagspräsidentin Rita Süssmuth (CDU) und der Präsident des Bundesrates, Nordrhein-Westfalens Ministerpräsident Johannes Rau (SPD), bekannten sich in einer Gedenkstunde im Bundestag zu einer engen Partnerschaft zwischen beiden Ländern nach unheilvoller Vergangenheit. Bartoszewski, der Hauptredner der Veranstaltung von Bundestag und Bundesrat, ging in seiner Ansprache auch auf die „Tragödie der Zwangsumsiedlungen" von Polen und Deutschen und die damit verbundenen „Gewalttaten und Verbrechen" ein. Er fügte hinzu: „Ich möchte es offen aussprechen, wir beklagen das individuelle Schicksal

W. Bartoszewski

und die Leiden von unschuldigen Deutschen, die von den Kriegsfolgen betroffen wurden und ihre Heimat verloren haben."

Bartoszewski äußerte sich besorgt darüber, daß die Aufnahme seines Landes in die EU und die NATO aus Rücksicht auf russische Sicherheitsinteressen verzögert werden könnte. „Wir hoffen, daß im Westen nicht wiederum ein enger ‚Realismus' dominiert im Sinne von ‚Einflußzonen', ‚Puffern' oder Anerkennung von ‚historischen Interessen' der Nachbargroßmächte, die in Jalta Triumphe gefeiert haben", sagte er (siehe auch Seite 2).

Bundeskanzler Helmut Kohl wird auf Einladung von Ministerpräsident Jozef Oleksy vom 6. bis 8. Juli Polen besuchen.

Wegen des Feiertags Tag der Arbeit am Montag, 1. Mai, erscheint die nächste Ausgabe unserer Zeitung am Dienstag, 2. Mai 1995.

Der Gedenkstein für die deutschen Opfer von Potulice 1945-1950.
Auf der Gedenk- und Versöhnungsfeier, September 1998.

Denkmal für die polnischen Opfer von Potulice 1941-1945. Auf der Gedenk- und Versöhnungsfeier, September 1998.

In der evangelischen Kirche auf dem Marktplatz in Zempelburg wurden 1945 mehr als 200 Deutsche eng eingepfercht eingesperrt. Meine Mutter Berta Lelke wurde hier zunächst untergebracht, Hunger und die unmenschlichen Zustände führten zu hoher Todesrate. Die Kirche wurde später beseitigt, wohl um an dieses Unrecht nicht mehr erinnert zu werden.

Die prägende Landschaft im südlichen Westpreußen:
1. die einstige Idylle der Stadt Bromberg und
2. das stimmungsvolle Tal des beherrschenden Weichselstromes.
3. In dieser Gegend spielte sich das tragische Geschehen ab, das
Gegenstand dieses Buches ist.